科学人文书系
Science & Humanities

孤独是不人道的

完全不被理解,即是孤独。孤独是一种处境,一种被动而绝望的处境。

郭鹏 著

上海科学技术文献出版社
Shanghai Scientific and Technological Literature Press

图书在版编目（CIP）数据

孤独是不人道的 / 郭鹏著. —上海：上海科学技术文献出版社，2014.3
ISBN 978-7-5439-6146-3

Ⅰ.①孤… Ⅱ.①郭… Ⅲ.①散文集—中国—当代②随笔—作品集—中国—当代 Ⅳ.①I267

中国版本图书馆 CIP 数据核字（2014）第 028452 号

总 策 划：梅雪林　曹保印
项目负责：石　婧
责任编辑：石　婧　陈云珍
装帧设计：有滋有味
装帧统筹：尹武进

孤独是不人道的
郭　鹏　著

出版发行	上海科学技术文献出版社
地　　址	上海市长乐路 746 号
邮政编码	200040
经　　销	全国新华书店
印　　刷	上海中华商务联合印刷有限公司
开　　本	787×1092　1/32
印　　张	4.5
字　　数	79 000
版　　次	2014 年 3 月第 1 版　2014 年 3 月第 1 次印刷
书　　号	ISBN 978-7-5439-6146-3
定　　价	28.00 元

http://www.sstlp.com

目 录

1　总序　科学无界,人文有仁

7　我的蹩脚文字(代前言)

9　"适者生存"还是"善者生存"

12　亚里士多德惹的祸

17　冯友兰现象

19　觳觫之食

24　此地一为别

35　在人间

48　民主与存钱罐

51　女人倍儿脆

55　空白

61　英伦垃圾

66 "不必要的痛苦"可以避免吗

69 天上的风

72 今生有你

76 安安之死

84 流浪者的绝唱

96 被自己忘记了的翅膀

109 逝者如斯

133 致谢

总序

科学无界,人文有仁

曹保印

这是一个热爱科学的时代,又是一个废弃科学的时代。

在这个时代里,一方面,科学无处不在,你呼吸的空气、饮用的水、站立的土地、沐浴的阳光,都被彻底科学化了;另一方面,"仁者爱人"的科学又常态化缺席,当你呼吸的空气成了被 PM2.5 浓缩的毒霾,当你饮用的水成了被 DDT 混合的毒液,当你站立的土地成了被重金属绑架的沙粒,当你沐浴的阳光也早已被水泥森林夺走了生命的温度……你就会深刻感受到人类在"自作孽不可活"之后的束手无策。尽管,这一切都是借科学之名,又都因科学而产生。

所以,很多人相信这样一句话:这是一个最好的时代,又是一个最坏的时代;这是一个充满希望的时代,又是一个充满绝望的时代。

为了拯救这个时代,更为了拯救这整个世界,于是,人文再度登场。之所以说"再度",是因为人文一直都在,只是在这个时代中全速奔跑的人们,已经将它落在了身后,并且遗忘了它。这些全速奔跑的人们,把奔跑当成了生命的全部,甚至当成了生命本身,却忘记了当初为什么奔跑。跑得太快时,往往就会忘记等待自己的灵魂。就算偶尔想起灵魂已经远远落在了后面,也不愿意停止或者放慢自己奔跑的脚步,仿佛只要一停下来,世界就会停止,自己就会死去。慢慢地,奔跑的人们就成了科学时代的机器,无血无肉无灵魂。

很多人总是将"人文"一词挂在嘴上,似乎不说出这个词语,就显得自己不够时代,不够文明,不够有素养,不够有深度。然而,"说"与"做"在行为中的割裂,却又使这种把"人文"挂在嘴上的行为,一下子变得做作、虚伪、恬不知耻。因为,他们根本不知道,到底什么是"科学",又到底什么是"人文",它们之间又有何联系,对我们每一个人,对我们整个的时代、社会与世界,究竟有什么价值。

因此,我又常常感叹,这是一个热爱人文的时代,又是一个废弃人文的时代。在这个时代里,"人文"两个字只是廉价的装饰物。

事实上,不管是西方还是东方,所谓"人文"都有两层意义:一是"人",二是"文"。前一层意义,是指理想的"人"、理想的"人性";后一层意义,是指培育这样的"人"和"人性"所需要的内容。

在希腊人看来,理想的人、真正的人,就是自由的人。因此,整个西方的人文传统自始至终贯穿着"自由"的理念,不少与"人文"相关的词组,就是由"自由"的词根组成的,比如"人文教育"(liberal education)、文科(liberal art)等。事实上,正如北京大学哲学系教授吴国盛所说,希腊—西方的人文理想是"自由",人文形式是"科学"和"理性",科学一开始就是西方的人文,是自由的学问。

在中国人看来,"人文"就是《易经·贲》中所说的:"观乎天文以察时变,观乎人文以化成天下。"在汉语中,这是最早出现"人文"一词的地方。显然,这里的"人文"就是指教化。那么,教化的核心又是什么呢?那就是"仁"。也就是孔子所说的,"仁者人也,人者仁也",两者互训互通。而仁的实现方式,即"克己复礼",也即"克己复礼为仁。一日克己复礼,天下归仁焉"。

明白了"人文"的这些意义,再来回望与观察今天的时代,以及在这个时代里所发生的一切,你也许就会进一步理解这两句话的深刻含义:这是一个热爱科学的时代,又是一个废弃科学的时代。这是一个热爱人文的时代,又是一个废弃人文的时代。很遗憾也很悲剧的就是,在很多时候,我们不但没有用科学造福于自己,反而常常用科学造祸于自己。在有意无意之中,我们用科学的左手,砍掉了人文的右手,最后我们自己也被埋葬,或正在被埋葬的过程中。

没有人希望一出生就死去,被埋葬,而每个人都希望能够一出生就风华正茂。作为一群思想者、写作者、表达者,"科学人文书系"的作者们无力让每个人一出生就风华正茂,却希望通过自己有限的观点表达,点点滴滴地改变这个因为科学变得美好,也因为科学变得丑陋的世界,让那些已经出生了的人,不会遭遇一出生就被埋葬的悲剧性命运;至少,能够少一分绝望,多一分希望,还愿意相信每天醒来推开窗,依然能够看到正在升起的太阳,以及太阳下正在盛开的花朵。所以,我们相信、呼吁并倡导:科学无界,人文有仁!

科学是自由的学问,人文是自由的灵魂,而所有的自由都应该也需要以"仁"为核心,仁及每一个人,仁及万物生灵。所谓"克己复礼",在今天这个时代,"克己"也许就是要合理控制自己的欲望,既不能让无限膨胀的欲望毁灭了自己,也不能让它毁灭了我们所身处的世界;而"复礼"也许就是要尊重自然,尊重常识,尊重传统,从温故而知新中获得新文明的种子,并让它在古老的土地上扎根、发芽、开花、结果。因此,尽管作者们的观点不尽相同,有的甚至针锋相对,但是,本套书系所收录的每一本书,都围绕着"仁"展开,也都试图通过作者的所思所想所述,实现每个作者心中的"仁",并期待这种"仁"能通过文字的力量与路径,抵达更多人的心中,并在清新的空气、温暖的阳光、甘洌的泉水、洁

献给我的母亲
娜仁琪莫格

净的土壤的哺育下,长出更美的芽,开出更美的花,结出更美的果。毕竟,大地不拒绝任何一粒种子的自由生长,而我们的社会也不应拒绝任何一种思想的自由表达。

在组织本套书系的过程中,作者们都给予了热情的支持。在此,作为本套书系的总策划,我要感谢:葛剑雄、杨东平、信力建、田松、汪永晨、蒋劲松、李多钰、李侠、郭鹏。作为本套书系的第一批作者,他们中的每一位都是探路者,也都是"抛玉引玉"者。此后,还会有更多作者陆续和读者见面,共同继续探索科学之精神,人文之魅力。因此,更需要感谢每一位读者的支持,你们每花出购书的一分钱,就是向科学与人文投去一张智慧的选票,而你们所选的必将是美好,所弃的必将是丑陋。为了让我们所处的时代成为最好的时代,请投出你们珍贵的那一张张智慧选票吧。

请记住:不绝望,就永远有希望!

(本文作者系"科学人文书系"总策划)

我的蹩脚文字(代前言)

我不擅写作,这里所写的都来自漫长的寂寞与劳顿中按捺不住的倾诉欲望。

孤独是因为不能被他者所理解,因而也无法与他者进行交流。孤独可以是一个人的,也可以是一个阶层或一个民族的,它也有可能是社会的少数,也可能是社会当中没有表达能力或诉说权利的大多数,它甚至可以是一个时代或是许多物种的。孤独者的周围是那些没有理解力的他者所筑起的一道道无法穿透的墙。孤独的结果不只是个体的精神痛苦,它也可以是一个民族或文化的毁灭与消亡,

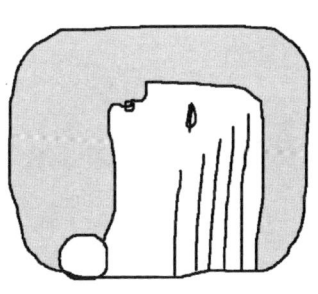

对于非人类动物,孤独的结果就是人类对它们的漠视、侵害与残酷杀戮。

孤独不只是一种精神状态,它更是一种处境,是孤独者无法走出的深渊。如果那些筑墙者不能主动去拆除这些墙,那么等待孤独者的往往只有死亡。在这个意义上,我说,孤独是不人道的。

作为一个人类动物,我在为减少人类所施加给同类和其他动物的暴行和苦难而努力,这些努力本身是微不足道的。我特别感谢曹保印先生的鼓励,使我有勇气将这些蹩脚的文字拿出来与大家分享。

"适者生存"还是"善者生存"

一提到达尔文与进化论,我们常常想到"生存斗争",想到动物之间弱肉强食的血腥厮杀场面;而社会达尔文主义就此所进行的引申,则被视为种族主义与世界大战的理论根源。我想,这种思维定势多少与我们对于"生存斗争"一词过于狭隘的理解有关。

在达尔文那里"the struggle for life"的含义是相当丰富的,有许多层次,不只限于捕食者与被捕食者之间的争斗。它不一定是血腥的,它甚至常常是浪漫而富有诗意的,比如,雄鸟之间的"the struggle for life"就常常表现为求偶时大展动人的歌喉或者竞相展示美丽的羽毛。从达尔文所举的例子来看,"the struggle for life"更多地发生在同一物种的不同变种之间——更适宜环境的个体变异或者更受雌性青睐的雄性变异会被保存下来,这也就是说,同种的个体之间和变种之间的竞争最为激烈。

《物种起源》当中的"the struggle for life"不仅有"生存

斗争"的意思,还有"生活竞争"和"为生而努力"的意思;它既可以是不同物种之间的,也可以是同一物种之间的,也可以是生命与环境之间的:"两只狗类动物,在饥饿的时候,为了获得食物和生存,可以确切地说就要相互斗争。但是,生长在沙漠边缘的一株植物,可以说是抵抗干燥以争生存,显然更适当地应该说,它是依存于湿度的。"

同样,一提到达尔文和进化论,人们还会想到"(最)适者生存"("survival of the fittest")。殊不知,达尔文从斯宾塞那里借来的这个短语确实给他自己带来了无穷后患。当代学者达舍尔·凯尔特纳(Dacher Keltner)认为,与"(最)适者生存"相比,"(最)善者生存"("survival of the kindest")其实更确切地表达了达尔文关于动物进化的思想,而这一思想与达尔文关于人类本性的思考有关。在《人类的起源》和《与性有关的选择》中,达尔文指出,社会与母性的本能比其他本能或动机都更强烈。这也就是说,在原始人类那里,其成员更具有同情心的群落会养育出更加健壮的成年后代。不言而喻,这是进化的必要条件。在对人与动物的情感表达的对比研究当中,达尔文发现,人类在受苦时紧蹙的眉毛、紧闭的嘴唇、眼泪和呻吟,与猴子和大象在受苦时的表情是非常相似的。达舍尔·凯尔特纳得出结论,作为哺乳动物就意味着受苦,作为哺乳动物就是感受达尔文所讲的最强烈的本能,即同情。同情使我们能够自发地去帮助其他受苦的动物,这是动物利他行为的根源。

随着进化论本身的发展,特别是亲缘选择理论、群体选择理论和互惠利他主义的提出,进化论的伦理学和社会学也在发展:战争只是人类社会的"the struggle for life"的一种极端形式,不同文化与共同体之间的和平竞争,时刻都在进行着。它们可以通过展示自身的优越性而在多元文化时代得到更多被认可与被选择的机会,从而得以生存和延续;文化也会有变种,即经由文化融合而产生的新文化;那些倡导和平与注重社会合作的文化将更有利于自身的生存与发展,也更有可能成为影响其他文化的文化,即"survival of the kindest"。

2010 年 10 月 27 日,泉城,漱心居

亚里士多德惹的祸

初中一年级，生物课深深吸引了我。我们的老师是刚刚大学毕业的年轻女教师，她的第一堂课就抓住了我们所有人的眼睛和心，她即刻成为我们的女神。她的教学生动活泼，使我们对生物学产生了由衷的向往。她的言谈举止连同她高挑的身材、飘逸的白色连衣裙和亲切开朗的气质，也都一并成为我们崇拜的内容。她的生物学课仿佛是引领我们走向一个神秘世界的入口，是探索生命奥秘的一扇门，我们在入口处就已经窥见了里面的宝藏那不可掩藏的光芒，迫不及待地想冲进去看个究竟。

讲到苔藓与蕨类植物的时候，这位生物老师带我们去沈阳故宫和东陵，到那些湿润阴暗的角落里采集标本。讲到昆虫的时候，她教我们如何捕捉蝴蝶来制作标本。当我在原野上奔跑，用自制的捕捉网捕到第一只蝴蝶时，我的心不停地跳，兴奋的同时又有一种莫名的恐惧。为什么会有那种恐惧感，我当时是说不清楚的。当我试着用老师讲授的方法用一根大头针刺穿蝴蝶的胸膛,将她牢牢地钉在木板上时,我的心跟着她的身体一起在颤抖。我开始努力让自己相信她是没有疼痛感觉的,但是这并不成功。我每过一小会儿就要跑过去看她是不是已经完全死去了,她的挣扎让我感到慌恐。整整一个白天都过去了,这个挣扎仍然在继续,那个小小身体的颤抖越来越少了,但是没有完全停止。

那几乎是我记忆中最漫长的一天,当我盯着她看时,她耀眼的美丽所带给我的惊喜逐渐被悲哀所代替,我想收集一千只蝴蝶做标本的野心也随之渐渐枯萎了,做蝴蝶标本这件事情本身开始变得索然无味。无论我多么努力说服自己相信这只蝴蝶可能真的是不会痛,我都无法摆脱那种深深纠缠着我的不安。慢慢地,我明白了,那些生命之所以让我感到惊喜,就在于它是活的生命,而不在于它变成尸体,挣扎和死亡让我慌乱和恐惧。

我努力让自己相信这样做是对的,因为老师是不会有错的。这样的努力随着生物课的深入,变得越来越经常也越来越艰巨。如果说我对于一只蝴蝶会不会痛还犹豫不决,那么对一只老鼠、一只兔子,我就不会再怀疑了。我对生物学的兴趣在老师讲到哺乳动物时终于到了尽头。

实验课上,老师将四只可爱的小白鼠带入教室,孩子们发出兴奋的欢呼,一下子围拢过来,有的还用手去触摸她们。这些小白鼠有着粉红色的鼻子和脚,在雪白的身体上是那么显眼,她们也好奇地趴上笼子看并嗅外面喧闹的孩子们。孩子们的兴奋和亲热的举动很快就被老师制止了,接下来是神圣的"科学"使命:老师将小白鼠从笼子里抓出来,我们用纱布醮乙醚放在小白鼠的鼻子上将她麻醉,然后把她粉红色的四个小脚掌用小铁钉钉在解剖板上,我们用剪刀小心翼翼地将她的肚子上丝绸一样薄的皮肤像布一样剪开,老师叮嘱着我们看这只小白鼠跳动的心脏,我们将她的肠子从腹腔内拉出来,将她身体的其他器官尽量多地展示出来。当一切结束了,麻醉药已经失效了,我看见小白鼠在抽搐,她像被钉在十字架上的耶稣,敞开的身体像一个披着风衣的大侠客充满悲壮的气息。很快,这个悲壮的大侠客连同钉着她身体的解剖板被丢在垃圾桶里。

  多年以后,我才渐渐意识到,正是这一堂"精彩而成功"的活体解剖课,结束了我探索生命奥秘的愿望。从那以后,生物课不再是我的最爱了,年轻的女老师曾经迷人的笑容在我心里变得苍白而迟钝,小白鼠大敞胸怀袒露内脏的样子经常出现在我的脑海里:我常常想,她是在哪一刻死去的呢?麻药过后,她所经受的是一种怎样的疼呢?她会突然不知道自己在哪里,发生了什么,她没有任何办法,除了经受那令我不寒而栗的疼痛,她什么也做不了。为什么她要受到这样的对待呢?科学探索在我心里依然神圣,科学杂志和书籍依然深深吸引着我。但是,见到医学和动物学的书籍里的那些活体解剖的插图,我的心里会有一种说不出的寒冷气息,逼迫我远离。今天,我们可以追问,对于初中生,这样的活体解剖实验是必要的吗?对于非医学专业的学生,甚至是医学院里那些非专攻临床手术的学子们,这样的活体解剖是必要的吗?真的没有替代方法吗?还是我们根本没有想过发明替代办法?

　　动物学自亚里士多德以来已经有两千五百多年的历史了,但是,其根本错误依然在继续:传统的动物学并没有告诉我们大部分动物真正是什么,它只是告诉我们动物的身体(body,在英语里也是"尸体"的意思)是什么。一门以研究生命为名的学问,却无视生命本身的内涵、意义和价值,这本身就是一个致命的缺陷。这个缺陷不只是毁了一个少年探索生命奥秘的伟大梦想,它依然左右着目前世界上大部分与生命相关的科学研究,并且直接决定着中国非人类动物的命运。当我想了解动物时,一个传统生物学教育所培养出的动物学家,常常无法在动物作为一个活的存在这一问题上对我有任何助益,这一点似乎并不令这些动物学家们感到尴尬,这本身就是一个令人尴尬的学术现实。动物学家们已经习惯于将动物当成是静物来研究,满足于建立标本资料库,对于具有心智活动的动物,其复杂的心理活动和丰富的社会生活似乎并不是动物学应该关心的内容。

令人欣慰的是,这一情况正在改变,尽管变化是缓慢的,尽管那些主张在自然环境当中研究动物行为和心理的动物学家们的声音还不被主流动物学界所倾听,但是,毕竟这是一个新地平线,它已经渐渐在我们的眼前展开,曙光正在慢慢升起。

冯友兰现象

"贫贱不移,威武不屈",这的确是可敬的品格。同所有的道德原则一样,这一条用来律己可以,用以刑人则大可商榷。

尊重他人首先意味着理解。费乐仁先生(Dr. Lauren F. Pfister)把冯友兰称作"中国的海德格",尽管他本人仍对此报以谨慎态度。由于种种原因,我们往往有意无意地忽略了当代社会的某些时期与德国法西斯时代的相似性。抑冯(友兰)褒梁(漱溟)的人,似乎有意淡化了这一政治背景所潜藏的危险。其实,梁公的沉默也不过是另一种更高级的明哲自保而已,况且,他作为一个乡村建设的先行者,与毛的关系是相当微妙的。

对于冯的转变,有三说:一者,冯氏的"抽象继承法"已在学界引起了轩然大波,这令冯欲罢不能;二者,被奉为"科学之科学"的马克思主义并非一无可取之处,一旦为"历史唯物主义"所倾倒,冯在研究哲学史方法上的改变以及由此而导致的理论转变,都可以是由衷的转化而非违心的取舍,因为在那个时期,的确有许多人有洗心革面之感;三者,这很可能是冯内在的哲学精神外展的结果(费乐仁的猜测),学术为革命服务不过是"君君臣臣"在新时代的一种新表现,这样一来,至少从冯的内心来讲,不存在信仰与实践上的冲突。第一说,注重时势,他的《新编》即是对他的"抽象继承"如何可能的回答;第二说,注重学理,他的《新编》不过是某种学术上的"马克思主义化";第三说,注重心理,他的《新编》是其信念的自然延伸。

究竟如何,自然有待公论。然而,有一点是明确的:将学术的批判诉诸人格的批判,这对任何学者、作者都是不公正的。"冯友兰现象"是中国某个时代所特有的现象;冯氏的《新编》是中国某个时代的学术写照。

《水浒传》使梁山好汉不止于是"犯上作乱";《金光大道》也是一个真实时代的写照。许多作品一百年之后再来看就会看出许多的不同,冯氏及其《新编》,其本身已远不止于一个学人和他的一部著作。

2001 年 1 月 2 日, Brent View, London

觳觫之食

> 提起对人的行为进行道德判断,我们常常想到的是偷盗、欺骗,而不是吃。

当剑桥大学的唐那德·布若姆(Donald Broom)教授讲述他的一个证明猪是有自我意识和推理能力的精彩实验设计时,他让我想起了一位朋友的母亲。她一辈子都住在乡下,没有读过一天书。每到年关,当她一手养大的猪被宰杀时,那撕心裂肺的叫声和无助的挣扎,都要让她哭到喘不上气来。她会几天吃不下饭,一个人跑到田埂上坐着哭泣,等待哀恸慢慢过去。这个村妇对于猪的同情来自她每天与猪的情感交流。一个善良的村妇所能体会到的猪的灵性及其对于死的惊恐和被杀时的痛苦,并不需要庞大的科研机构为后盾。

孟子曾将恻隐之心视为人的"四根"之一,即人的天性,是人与生俱来的善良本能。但是,孟子也看到了一个事实:

人的本性是会被习俗和成见所扼杀的。能把猪与人一视同仁或者能像同情人一样来同情动物的人毕竟是少数。我们不同情动物所承受的苦难,往往并不是因为我们看不懂动物的表情或者读不懂其肢体语言,而是因为从根本上我们就没有打算去理会。这就像奴隶主不会同情奴隶的苦难一样,不是因为他不知道他们是人,而是因为他根本没有把他们当成人来对待。我们对于动物的冷漠,是由于我们已经习惯于将动物看做是不值得我们体恤的东西,我们习惯于对他们为所欲为。

在我们的语言中,许多动物变成了人类的食品和用品的符号。当屠杀的场景被有意地从我们的传媒中隐去,这些动物就变成了安静地躺在超级市场整齐的包装盒里的商品,残忍和血腥被最大限度地留在了我们的视野之外。即便我们有机会看到的活的动物,由于我们对于他们及其处境的漠视,他们能从我们这里得到同情和理解的机会是微乎其微的。

一提起对人的行为进行道德判断,我们常常想到的是偷窃、欺骗,而不是吃。人们常常忽略了自己的嘴在多大程度上影响着世界的格局,它决定着数量巨大的动物的处境和命运。在中国,每年有六七亿头猪被杀掉;一亿多头牛被吃掉;并且,比起其他国家的同类动物来,他们在被野蛮杀死之前大都还要多受一重活体注水的酷刑……一想到肉食并不是人维持生命所必需的,那么,人世间每天所进行的如此巨大规模的对于动物的杀戮,几乎让人难以承受。

彼得·辛格(Peter Singer)在《吃》一书中指出,吃和其他行为一样,不仅有善恶之分,而且也有历史的变迁。他提醒我们,古代先人对于动物比我们有更多的关怀和仁慈的考虑,他们对于吃的行为比我们更加慎重。许多民族都有在杀死动物时祈求神明宽恕的风俗,这表明他们同情动物之死并对不得不杀死动物而感到愧疚。在古希腊和罗马,人们对食物的伦理思考并不少于对性的伦理思考,苏格拉底在《理想国》中所推崇的是营养丰富且美味可口的素食。在传统的犹太教、伊斯兰教、印度教和佛教伦理学当中,对于应当吃什么和不应当吃什么的讨论占据了显著的地位。在古代中国,无论是儒家还是道家,都倡导有节制的生活,特别强调对于渔猎行为的限制。舜因恩及禽兽而使四方之民归之;孟子也用梁惠王对于动物的恻隐之心来劝说他实行仁政;支公好鹤、羲之爱鹅更是名士的护生佳话。

对动物的爱与同情,并不是我们不能杀害他们的唯一理由。如果要追溯人究竟有没有权利这样做,我们还要看进化在我们身上留下的证据。人类是典型的素食动物,属果蔬菜类素食动物。从人的牙齿、肠子的结构和胃液的酸度都可以说明这一点。人类不是捕食者,人类的天敌很多,是文明让我们的能力和手段得以延伸,成为无所不杀的刽子手。如果说狮子吃羊是自然权利,人类杀害动物来吃他们的肉则不是。如果明白了这个道理,你看到一个食肉的人,就会像看到一个食肉的猪和牛一样感到惊奇。如果谈自然权利,进化的依据是不可少的。

即使我们食肉的历史可以追溯到相当久远的时代,我们可以假想人类在冰河时期是以火烤肉来弥补素食的不足而得以幸存,然而,大工业化的养殖方式已经使这些食物所具有的意义大大改变了:它们不再是人类在极其严酷的自然环境挑战中为了生存而寻找的替代性食物;甚至连驯养也不知不觉被工业化了:鸡不再是可以入画的田园之家闲散自由生活的标志,那些在集约化养殖场里的鸡,从未见过蓝天和草地,在一排一排摞起来的笼子里不堪站笼、拥挤和闷热之苦;猪和牛被囚禁在仅可容身的铁栏杆里,在坚硬的水泥地上自己的屎尿里过活;奶牛被迫不断地受孕、产子并被夺走孩子……在这些风调雨顺的年代,对于动物的囚禁和杀戮并不是维持人类的自然生长所必需的。在当下,不食肉就是拒绝参与人类对非人类动物的暴行,是回归人类的本性,这是无可争议的。

"有一次,我带着学生参观一家鸡肉加工厂,看见活鸡是如何在生产线上变成包装好的鸡肉,从那以后,我再也吃不下肉了,"我的英国同事瓦特先生(John Watt)对我说,"如果现代人知道自己的食物是怎么来的,我相信,绝大多数人都会选择做素食者。"即使是我们绝大部分人都没有勇气去直面屠宰厂的血腥,只要在看到猪肉时想到猪,看到牛肉时想到牛,并且想到他们和我们一样渴望生和生的快乐,那么我们就会觉得花一些时间学习做营养丰富的素食菜肴是值得的。

> 如果你的食物在哭泣,
> 你难过吗?
> 如果你的食物会欢笑,
> 你在乎吗?

2010年9月22日,泉城
(本文原载于电子杂志《乐活族》)

此地一为别

2008年8月8日下午,我在伦敦一面忍住强烈的不适编辑反皮草的宣传册页,一面收看北京奥运会的开幕式。这两者放在一起形成一种强烈的讽刺:一边是每年数千万的动物被活剥皮(其视频与照片惨不忍睹,令我呕吐眩晕),另一边是代表国富民强的烟花大脚印在紫禁城的上空行走着绽放:这就是当下的中国,人的生活越来越好,国人所制造的动物惨剧却以史无前例的规模和程度在飙升。

突然,董新又打来电话,告诉我斯斯(我救助的第一只小猫)快不行了,这个消息令我的心绞了一下,疼痛难忍。在我来英国与男友团聚期间,董新在我家里替我照顾我收养的八只流浪猫,其中有一只小猫的出现改变了我的人生轨迹,把我从书堆里拉回到现实世界中来,把我从语言哲学思辨的深处拽到对现世苦难的观看与自己人生意义的思考之中,这只猫就是斯斯。

我让董新把电话放在斯斯的耳边,我叫她的名字,希望她在临终前能听到我的声音。我告诉她,我是多么爱她,希望她能好起来。我知道这一切都已经没有用了,深深的愧疚和自责占据着我的心。那时我还没有足够的经验,不知道这近一个月的分离对于斯斯这样依恋我的猫意味着什么,我没有让她明白,我会回来的。也许是绝望让她病倒了,最终夺去了她的生命。

入住我家之后,斯斯经历了康复与剖宫产,她唯一幸存的儿子嘟嘟也快一岁了,已经是只大猫了。在一年多的时间里,她的身体与精神都康复了,她成了一只安静、快乐而满足的猫妈妈。然而,自从我开始陆续救助其他的猫咪后,随着家里猫口的增多,斯斯的不适应越来越明显。她有自己的家被侵占的紧张感。虽然嘟嘟对于新来的猫都充满了好奇并且很快会与他们打成一片,但是斯斯变得越来越不快乐,越来越孤僻。当董新发现斯斯得肝炎时,斯斯已经相当虚弱了,当时大夫问要不要给斯斯做安乐,董新不能替我做主,只好给我打越洋电话。我心里非常难过,不知道应该说什么,我把决定权交给董新,只希望斯斯不会受太多的苦。董新没有给斯斯做安乐,她把她带回家,希望能出现奇迹,希望斯斯可以再次凭自己的力量从死神手里逃脱。但是,这一次,斯斯没有,那天晚上她静静地走了。

斯斯为什么会得肝炎,对我仍是一个谜。我回到济南后,这个谜就解开了:我家里又多了十五只猫咪,董新因为忙不过来,就把她自己救助的十五只猫咪都带到我家里来了,我可以想象这对本来就不适应"入侵者"的斯斯意味着什么。这些新来的房客中有一个叫安安的年轻女猫,比嘟嘟只大几个月。她因为经常无意间抓伤人,而被主人丢给董新了。她没有其他流浪猫的辛酸经历,因此也不懂得妥协与对同类友谊的珍惜。安安与嘟嘟的唯一共同点就是他们都是家生猫,那种自信与活泼是其他流浪猫身上见不到的,他们似乎也因此一见钟情,开始了热烈的初恋。

安安身体结实,有力,到哪里都是一个女霸王,所有的猫都必须向她臣服,她对其他母猫更是毫不心慈爪软。嘟嘟的母亲斯斯,便成为她欺侮的首要对象,她似乎是决心要百分之百地占有自己的情猫,连他与母亲的亲密都不能容忍。有好几次,董新发现安安将斯斯逼到角落里,用锋利的前爪狠击她的脸,她还发现斯斯的脸上有伤口。除了呵斥安安,将她赶开,她并没有想很多。不久,董新发现斯斯拒绝进食,开始变得消瘦,她带斯斯去医院,医生确诊斯斯得了肝炎,并且已经到了晚期。据医生讲,猫得肝炎大都与精神焦虑有关,如果认同中医理论,这似乎并不令人费解。

斯斯走了,董新为她洗净身体,用干净的布裹好,埋在我们院子里的一棵大树下,从我的窗口能看到她安息的地方。回到济南的那天傍晚,我来到埋葬斯斯的树下,坐在她的身边,一个人在黑暗中默默流了许多泪:为自己的愚昧,也为这一只猫的敏感。想起这一年多来斯斯所给予我的一切,我给予她的几乎不值一提。

斯斯原来是我们院里的一只流浪猫,一场大雨后,她在泥水中向我爬来,我把她带到马路对面的宠物医院,我们的因缘从此就开始了。那时,我正经历着回国后的种种不适,加上与相爱的人生生分离,精神严重抑郁。斯斯以她的敏感,总是能看清我的精神状态,她会在我最绝望的时候走过来默默依在我的身边,甚至轻轻舔我的腿或手臂,将我从不堪忍受的痛苦、绝望甚至自杀的念头当中拉出来。与其说我救了斯斯,不如说斯斯救了我:在千百次自杀的念头袭来时,看到她的眼睛和美好的身影,我都无法将自杀的想法付诸实施。我知道,没有我,即使是我的父母仍然可以活下去,但是斯斯不行。正是她对我的依赖,特别她所给予我的身边的人类动物无法给予的理解和关怀,让我得以忍受那些精神折磨,一天天苦撑下来,熬过一个个无眠的漫漫长夜,没有向抑郁症投降。

在斯斯康复期间,我每天与她一起下楼散步,别人都很好奇地看着我们:别人遛狗,我遛猫,而且不用拴绳。斯斯与我的默契让邻居们感到吃惊,似乎完全改变了他们从前对猫的印象。斯斯康复后,她在外面驻足的时间越来越长,我常常没有足够的时间陪她,我只好让她自己下楼,她会自己回来,在门外静静地等我给她开门。我住在三楼,小区里的楼都很相似,甚至连楼道里的门都是一样的,但是斯斯从来没有找错过门。有时,我见她好一阵子不回来,就在楼上打开窗户,摇一摇从英国带回来的铃铛(那是从 RSPCA 的慈善商店里买的,是英国母亲叫孩子吃饭用的那种铃铛)。有一次在她自己出门前,我给她摇了一次,后来,我在楼上一摇,她就会马上回来了。那种默契建立之迅速,让我也非常吃惊,那不是什么所谓的"条件反射",那是理解,巴甫洛夫大大低估了这些动物的智力。其实,这也只是斯斯给我的无数惊喜之一。

斯斯为我打开了一个全新的世界,一个通往了解其他动物内心世界的通道。她让我明白,我们人类是在多大程度上低估了他们的能力,或者反过来说,我们人类并没有意识到,我们许多能力的退化使我们在其他动物面前几乎就是一个白痴。我们常常将其他动物的行为不分青红皂白一律称为"本能",却将人类看做是唯一能进行教授与学习的动物。斯斯哺育孩子的过程使我认识到,几乎除了吃奶以外,猫没有什么能力是"天生"的,都是后天学习而来的。斯斯是一个好母亲,一个聪明的教师,她能想出的办法,有些我也想不出来。

斯斯生育的时候,我的家里很乱(那差不多也是我当时精神状态的写照):客厅、卧室甚至厨房,到处是我的书和稿子,与其他杂物混放在一起,想从这样一个杂物的山峦里找到一只专门爱找新鲜的角落入睡的没满月的小猫,真是比登天还难。斯斯寻找儿子的办法让我大开眼界!每次,当嘟嘟对她的呼唤没有反应时,她就会叼着嘟嘟最爱的一个玩具(灰白色的毛绒象或蓝色的布海豚)发出一种相当复杂的呼唤声音。每当此时,我就会看到嘟嘟从不知什么夹缝当中爬出来,有时甚至睡眼蒙眬,走路还有些踉跄。

嘟嘟断奶后,开始吃猫粮,斯斯也不再给儿子当清洁员去舔净他的排泄物了。一天下午,我照例急慌慌地去上课,当我将脚伸进鞋子里时,丝袜被完全浸湿了,我立即反应过来,是嘟嘟把我的敞口鞋当成厕所了!我一边狼狈地换袜子、找鞋子,一边发愁:如果我今后的每个日子都有可能这样,或者更糟糕,到处都是嘟嘟的屎尿,我该怎么生活呢?要命的是,我如何能教一只小猫上厕所呢?

斯斯的猫砂盆在阳台上,从到这里的第一天起,她就知道我把那些黏土做的东西放在那里是干什么用的,她从来没有让我这么头痛过。傍晚,我回到家后颇费了一番心思,我用一个很小的盆装了一些猫砂,放在我那只被尿的鞋子旁边,我将嘟嘟抱过来,将他的前爪放在砂子里,让他感受一下,希望他了解我的用意。斯斯在一边看着这一切,似乎若有所思。一会儿,当我在长椅上看书的时候,发现斯斯蹲在那个小盆上,做撒尿状,嘟嘟在旁边看。我有点着急,说:"斯斯,那不是给你的!你太大了,别把盆弄翻了!"接下来的一幕彻底把我惊呆了：斯斯从小盆上下来,嘟嘟慢慢站上去,学着母亲的样子撒尿。我迫不及待地冲过去,用手翻动那些猫砂,只找到了一个非常小的结块,直径不足一公分：这也就是说斯斯并没有在那里撒尿,她只是在示范给儿子看,而嘟嘟学会了,并且撒了一点点尿！果然,以后的日子当然就不再有那种狼狈了。嘟嘟不仅好学,而且慢慢开始有自己的喜好和决定。有一次,斯斯从外面散步回来给嘟嘟带回来一大块鸡肝,我不知道她是从哪里得来的,可能是院子里照顾其他流浪猫的好心人给的,也可能是那些偷捕流浪猫的人下的诱饵(一想到可能是后者,我开始为斯斯的安全担心)。让我惊奇的是,嘟嘟对妈妈的这个厚礼,只是嗅了一下,就走开了。后来,等到我家里的猫多了,我发现嘟嘟对其他流浪猫都要抢的鱼肉也不感兴趣。因为从小只吃猫粮,也由于我是素食,家里也没有肉类食品或有肉味的剩菜,嘟嘟竟然因此而只吃素食了。像猫这样典型的肉食动物,其饮食偏好竟然也可以完全被后天塑造,这也令我吃惊。后来,我在网上看到关于英国的一个素食小猫的报导,我就不觉得不可思议了,等到了解到像黑熊这样典型的肉食动物,其现实食谱几乎是素食,我也就不奇怪了。

在斯斯被救助的一个月后,她的身体还没有完全康复,她发情了。大夫说她身体还很虚弱,不能做绝育手术。她每天每夜撕心裂肺的爱的呼唤既让我难以入睡,更让我担心影响了邻居。我白天尽量多花些时间带她出去,希望因此能缓解一下她的生理与心理压力,尽快度过发情期。有一天中午,她仍然像平常一样躺在草地上,很无力的样子。突然,我发现她的身边多了一只白猫,这个猫虽然毛有些脏,但是身体很健壮。斯斯在向她示爱,他坐在那里很淡定的样子,看着斯斯在那里打滚,躺在地上扭动她的腰肢,向他摆出各种妩媚的姿态并发出不断的求爱声。我很害怕斯斯在这个时候怀孕,她的脊椎由于长期缺乏营养而变形,她的身体还相当弱,不适合做母亲。那只小男猫似乎并没有正眼看斯斯,这让我多少松了一口气。我想可能是因为斯斯太虚弱了,他没有与她恋爱的欲望。当我将斯斯抱起来想回家的时候,这只小男猫的举动大大出乎我的意料。他拼命地追赶我们,甚至几次跳起来扑到斯斯身上,似乎是想从我手中把斯斯抢回去。他发出急切的大声呼喊,紧紧跟在我的身后,斯斯也与他应和着并极力挣脱我的双手,显然是不想与她的情猫哥哥分开。他们焦急的呼唤声相互应和着,我屈服了,不忍心再拆散这对情猫,只好将斯斯放下。他们跑向彼此,相互亲吻,互相用身体爱抚对方。接下来的一切就不那么令人意外了,他们只是走得远了一点,并没有私奔的意思,在不远处的一片草地上,他们结合了。在接下来的日子里,斯斯变得异常的安静与满足,我常常看到她安静地躺在窗台或者地板上,不紧不慢地挥动她的长尾巴,她身上那些细长的毛让她格外有一种贵族般的优雅。等到她的肚子渐渐隆起来时,她躺在窗台与地板上的姿态就更像是一个孕妇了,她出去散步的意愿也少了许多,似乎在静静地等待着什么。

斯斯快生产了,我哪里也不敢去,守在她的身边。不幸的是,正如医生所预言的那样,斯斯难产了,羊水都破了,小猫还没有生出来。我赶紧送她去动物医院,医生给她做剖宫产。她一共怀了四只小猫,有两只已经死在腹中,另一只和她一样的三花猫在出生几天后也夭折了,唯一存活下来的是一只纯白色的波斯猫,一只眼睛蓝,一只眼睛绿。他很安静,除了吃就是睡,后来又多了一样——玩。我在地摊上给他买了两个小的毛绒玩具,他竟然爱不释爪,发明出许多玩法。我给他起名叫小王子,因为他长得胖嘟嘟的,所以小名就叫嘟嘟。

斯斯把两个月的嘟嘟紧紧揽在怀里。

有了嘟嘟,斯斯的日子充满了阳光,我的日子也因此开始变得光亮了许多。斯斯常常会把孩子紧紧搂在怀里,母子在一起睡觉的姿态更是令人羡慕,我拍了许多他们睡觉的照片。嘟嘟渐渐长大了,开始在我们的家里进行他的探险。一次他学着妈妈的样子从我们的地铺上跳上窗台。可是窗台太高,窗台铺的瓷砖又太滑,他没有跳上窗台,却将左前爪深深地嵌在窗台下面笨重的旧式生铁暖气片当中。恐惧让嘟嘟拼命地挣扎,并发出嘶叫,他越向外挣扎,骨头被卡得越紧。斯斯一跃跳到暖气片上面,用口咬住嘟嘟的头将他向上提,但是仍无济于事;她又跳下来,直立在地板上,咬住嘟嘟的脖子向外拉,也不管用。我赶上前看看究竟,发现嘟嘟的前爪的关节被卡在两个生铁片之间,他的挣扎已经使关节的骨头紧紧地卡住了,我根本无法将他的前肢从里面拔出来。如果硬拉只能使他骨折或者将外面的皮肉都撕开。我想到的办法是用铁锯将生铁片锯开,然后将他的爪子从里面拿出来。我看到楼下对面小区里正有人做装修,我就打开窗子,问他们是不是有铁锯,他们说有,可以从围墙上递给我。在我转身出去的时候,斯斯咬住我的袜子,不让我走。她可能以为我想走开不管她的孩子了。我安慰了她一下,说我马上回来。等我取到锯子回到屋子里的时候,看到斯斯颓废地趴在地铺上,一动不动,嘟嘟仍在那里挣扎。如果再不救他出来,他的恐惧也会让他很快死去的。我将夹住他的一个铁片锯去一个角,然后用锤子重击钳子将那个缝隙向两边撑开一些,将嘟嘟夹在里边的前爪慢慢向上移动直到完全取出来。这时,嘟嘟的这只前爪连同上臂已经完全变成青色的了,冰凉冰凉的,他无法用它走路了。我把他放到斯斯的怀里,斯斯一下不停地舔他的头和身体,安慰他,我也赶快为嘟嘟做按摩,希望他的前肢能尽快恢复血液循环。嘟嘟很快睡着了,等到他醒来的时候,前肢已经能着地了,两个小时以后,他可以正常走路了。从此以后,我将所有房间的暖气上面都用布蒙起来,怕再有类似的不测发生。这场惊心动魄的救子经历,让我看到斯斯作为一个母亲所具有的惊人智力和复杂的情感,我无法想象她的内心所经历的一切与人类动物在相似的情况下会有什么大的差别。

斯斯走了,两年后,我才画出对她的思念。失去她,我的生命中有了一个空白。在我们收养的流浪猫中,死于抑郁的不只斯斯,那个欺负她的安安,即嘟嘟的初恋情猫,后来也死于抑郁症,这也是一个让我们不得不因为自己的无知而深深自责的故事,只能留到下一次再写了。

猫有爱情,猫会得抑郁症,猫会死于绝望和孤独。

2014年2月10日,济南

在人间

北京啊,北京……

我在北京市公安局恩济庄派出所为前一天的笔录签了字,整整两天一夜,我和干警们为了营救一个被迫乞讨的残疾儿童所做的努力至此宣告失败。我仿佛一不留神在北京这个平静的社会主义首都的光明大道上踩空了一脚,看到脚下露出的那个黑洞洞不见底的深渊,这个深渊里有许多残疾儿童和残疾人,他们身体上捆绑的枷锁是他们自己这一生都无法挣脱的。

2013年的8月29日,对于我很可能只是一个普通的日子,和其他在北京的日子没有什么两样,如果我没有在定慧寺东肿瘤医院北门外面那个乞讨的孩子面前停留,如果我没有蹲下来将五块钱递给他,如果我没有注意到他那反常的举动:他像怕火烫伤一样怕碰这张钱,他指着一米外的一个大行李包,示意我把钱放在那里面。那个行李包前面的地上有一张印刷的大广告,上面写的话大致是这样的:我叫王命长,十一岁,河南人,天生脑瘫,不能行走等等。广告后面留有一个电话号码,联系人叫王XX,说是孩子的父亲。这个孩子一边继续用手指着那个行李包,一边却突然改变了话题:"阿姨,给我买吃的吧,我饿!"他骨瘦如柴,扶着栏杆勉强可以挪动自己的身体,身上散发着尿味。他看上去只有一般五六岁孩子的身高,体重不过四十斤的样子。

我走过一条街道,在一个小卖部里给他买了饮料和面包,返回到孩子乞讨的地方。当我把食物递给他时,他凑向我的耳朵悄悄地说:"阿姨快报警!快报警!"他的神情非常紧张,四处张望,我一下子警觉起来。我不能马上报警,我怕被发觉后在警察来之前有人把孩子转移了。我站起身继续向前走,转过街角后迅速打110报了警。报警后,我马上回到孩子身边,他小声而急切地问我:"来了吗?来了吗?警察叔叔来了吗?"他坐在地上紧抓着我的手臂,身体似乎是在微微地颤抖。我说:"马上就来了!别怕,我不会离开你的。"

警察来了,问了一下经过,决定将孩子和那个行李包以及乞讨广告都带回恩济庄派出所,我和他们一同回派出所做笔录。回到派出所后,警察决定立即拨打那个广告上的电话。他们联系到了那个叫王XX的人,他说是孩子的父亲,并且答应马上到派出所来。但是,直到下午警察下班时间都过了,他还没有出现。我发现孩子并报警是上午十点多钟,我们到派出所后给那个王XX打电话是十一点多钟,这个王XX出现时已经快傍晚七点了。整个下午我就在派出所的大厅里和孩子在一起。孩子饿了,要泡面吃,我给他买了,并买了面包和几个香肠。整个一个下午抱着他去外面小便五六次,在我出去给他买东西的时候,他还是尿在裤子里,我不得不把他的裤子脱下来晒在外面,好在太阳炽热,一会儿就干了。我抱他在外面玩,他不能靠自己行走,必须有人从后面揽着他。他对一切都充满了好奇心,即使是派出所墙上的广告电视,他也看得津津有味。他快乐的神情让人忘记了他是一个残疾孩子,也忘记了他是个乞丐。他的表达能力显然与正常孩子有差别,但是,我发现他的记忆力相当好。他每问我一个东西叫什么,都让我把那几个字写下来,他很努力地也想照写,但是他的手指根本把握不住笔。他不会写,只是很努力地在纸上画些点或圈。我教过他的词,他一遍就记住,并且马上就能用。我开始怀疑他不是天生智力有问题,他似乎是由于从小缺乏适当的教育和相应的语言刺激而没有学习到足够的词汇并发展出足够的语言表达能力。

　　警察与我一样,非常想知道这个孩子的身世和真实处境,想知道为什么他要我报警。在等王XX到派出所来的这一段时间里,孩子不多的词汇里常常重复的是"幼儿园",他向往幼儿园,这是无疑的。在回答警察的问话过程当中,他说每天在外面得要到一百元钱,要不够就要挨打。警察一提到"王XX"这三个字,他的神情会变得呆滞。傍晚,一个粗壮的中年男人(有五十多岁的样子)进了派出所,他直接走向孩子,孩子见到他一下子就瘫软了,脸色惨白,眼睛上翻。我想,这个人一定是王XX,果然没错。

警察对这个人进行了仔细的盘问,他有残疾证,孩子与他并没有血缘关系,他承认孩子是他收养的。我看不出这个虎背熊腰、行动自如、营养极好的有残疾证的"爸爸"究竟哪里残疾,也不知道他为什么有资格收养一个残疾儿童。我的问题是,如果他连这个孩子都养不起,他还有资格继续"收养"他吗?后来听警察转述说这个王XX没有儿子,在老家有好几个女儿,至于究竟有几个,这些女儿都叫什么,似乎他自己也说不上来。从这个孩子的谈话中,我了解到,这个"爸爸"并不与他住在一起,爸爸住好房子,很大,有好几间屋;这个孩子和"哥哥们"住在一起。每天早晨有一个面包车送他和其他孩子到城里要钱,他常去的地方有三零一医院、定慧寺东的肿瘤医院和一些地铁站口;每天傍晚回去后有一个"姐姐"给他们煮面条吃,这是他们一天唯一的一顿饭,无论春夏秋冬,他一整天在外面都没有水喝。

根据王XX的交代,同时也是在协警的帮助下,警察很快找到了这个孩子的住处,从那里又带回来了两个更大一些的残疾孩子,一个叫郭冬冬,另一个的名字我记不得了。他们住在北京的一个著名的乞丐聚集的地方。据协警说,在北京有很多人是以此为业的,他们自己用不着去乞讨,他们会用一群残疾孩子或被迫人身依附于他们的成年残疾人去乞讨,残疾之所以成为一个必要条件,是为了能最大程度地利用人们的同情心来获取收益。

在派出所的大厅里,协警与我有一段谈话,他希望我理解警察的难处。他说,这样的事在中国到处都有,其实大家都知道是怎么回事。这些孩子可能是先天残疾,也有一种可能即他们的残疾是人为的。这些孩子通常睡的是大通铺,每个头目都控制着七八个孩子,你抓了这一个,其他的抓不抓?你救了这一个孩子,其他的孩子你管不管?现在的公办救助站,有人管这些人吗?在那里,不虐待他们就不错了。有的残疾孩子正是从孤儿院里以收养的名义被倒卖出来的。

尽管如此,恩济庄派出所的警察还是努力想将孩子营救出来,其他两个大孩子的证词成为非常关键的部分。在将王XX送往看守所时,这三个孩子与我一同在外面等待。郭冬冬说自己只有一个亲戚可以投奔,另一个大孩子家里没有亲人了。他们所说的"父母"不过是以前控制他们的人,这些人将他们转手给王XX,王XX将他们的身份证扣下,他俩每人每天至少要交给王XX五十元钱,由于年龄大了,他们获得同情心的机会比这个残疾的小孩子少。他们说,到年底,王XX会把他们送回到原来的"父母"那里,把乞讨的一部分钱交给那些人。"你们愿意在北京待吗?"我问。"愿意,北京大,比郑州好。"郭东东回答。"这个王叔叔对你们好吗?"我又问。"至少在这里有个投奔吧。"他们没有正面回答我的问题。郭冬冬看上去精神还好,虽然他的右手残疾,并且双腿也有问题。他说如果可能,他想学认字,学书法,以卖艺为生,那样就不用挨饿了。

面对警察的盘问,他们很害怕,因为王XX上车时警告他们不能乱说。当警察问他们话时,他们所说的话与他们先前对我讲的几乎完全相反:他们有自己的父母兄弟姐妹,他们来北京赚钱就是为了养活家人,赚钱后给父母,王XX对他们很好,顿顿给他们肉吃!警察走后,他们就恢复了正常的表情和谈话,说如果王XX出了事,他们在北京的"妈妈"会很生气的,那样他们就惨了。他们说连王XX都非常怕这个"妈妈",在她面前点头哈腰的。这个"妈妈"今天走了,很快就会回来。他们问王XX会不会留在看守所里,说:"如果警察能保证他不出来了,我们就说实话。"我将他们的话转达给警察,一个干警过来对他们说:"只有你们讲实话,他才不会出来。"巨大的恐惧围绕着他们,他们知道警察只能管一时,不能管一世,只要王XX不被判无期或者死刑,他们就永远无法逃脱他或其他人的报复。"说了实话又有什么用呢?"另一个大孩子绝望地说,他在孤儿院待过,也住过救助站。拘留所的负责人对这两个大的孩子所说的话的真实性非常怀疑,比如,他们开始说不认识那个小孩子,当警察问那个小孩子是否与这两个大孩子住在一起时,他回答是并准确地叫出了他们的名字。再者,这个负责人看不出这两个孩子有任何勇气与王XX在法庭上对证,最后的可能就是因为证据不足不得不将王XX释放,因此她决定拒绝接纳王XX进拘留所。

王XX没事了,只是受了一场虚惊,警察们两天一夜的所有努力都付诸东流了,三个孩子又回到了王XX的手中!当这个小的残疾孩子听说又要将他送给王XX时,一下子眼泪就下来了,他让我把他带走,求我送他去孤儿院。我说:"如果你想去孤儿院,就大声对警察叔叔说吧!"据警察转述,王XX说这个小孩子有一次曾经自己迷了路走到警察局,虽然我无法想象这样一个孩子是如何能做到这一点的。如果这一切是真的,我的判断是,这个孩子曾经努力逃脱过,而现在这一次至少已经是第二次了。但是,每次的结果都是被送回到王XX的手中。"警察叔叔是好的,警察叔叔可以救我!"这个根植在他脑子里的观念显然不会是王XX灌输给他的。

看着另外的两个大孩子(他们身材瘦小,看上去像是孩子,但是根据他们对我所说的年龄,他们已经是成年人了,他们的身份证不在身上,我不知道警察是如何确定他们的身份的),我仿佛看到了这个小孩的将来:为了保持瘦弱的体态以博得最大可能的怜悯,他们连我给他们的面包都不敢吃,饮料也不敢喝,因为这些东西都是甜的,会让人发胖——他们已经不再是被迫忍饥受渴,他们已经是自觉如此了,因为只有如此才能继续生存!他们没有任何人可以依靠,"收养"他们的人不过是利用他们乞讨赚钱,这些人完全控制他们的行动和自由。他们称自己是"跑码头的",虽然他们连行走都很困难。据他们讲,他们这些跑码头的,有的出生在乡村,因为残疾而成为家人的负担;有的是孤儿;有的是被拐卖后人为致残的。这让我想起多年前在青岛见过的一幕:在一天的时间里,我竟然看到三个年龄相仿的几乎是一模一样地残疾的孩子分别在三个游人密集的地方乞讨。他们的残疾的样子几乎是一个模子造出来的:他们四肢都没有缺陷,但是双腿从两臂后面伸到头的后面,好像有一个绳子系着两只脚踝,其实没有;如果不知道,还以为他们在练瑜伽,只是他们的双脚和双腿根本不能动,已经萎缩了。他们只能靠双手在地上搬动自己的身体向前挪动。他们残疾的样子,我无论如何也想象不出是天生的:我想,他们以这个姿势是不可能从母亲的肚子里被生出来的。看到第一个孩子时,我给了一点钱,并没有多想,只是为她难过;看到第二个时,我感到震惊;看到第三个时,我想知道这几个人是什么关系,他们是如何致残的。

这次的营救,让我有深深的挫败感。其中有许多问题是我想不明白的:一个看不出有任何残疾的人竟然拥有残疾证;这个人有四五个孩子都不能抚养,却可以合法收养一个残疾孤儿;作为一个完全没有能力抚养所收养的孩子的人,他却依然有资格继续当收养人;这个人竟然还可以让所收养的孩子乞讨来养活自己!这一切竟然都是"合法的"!这一切究竟错在哪里,中国的哪一个法学专家能告诉我?

在一个社会基本的福利都没有实现的国家,如果一个人因为贫困让自己的亲生孩子帮助自己乞讨(不是让孩子独自乞讨,并且是在没有违背孩子意愿的情况下)是可以容忍的,那么,是不是收养的孩子也可以同样对待呢?收养是一种非自然的社会关系,涉及收养人的资格问题,我想这应该是有相应的法律规定的。如果这一点得到严格执行,至少就不会出现以虐待别人的孩子来养活自己的群体出现了,也就不会产生这个变态的邪恶产业。

在派出所,王XX凶狠地看着我,想把我一口吃掉的样子;到了拘留所下车前,他又喊我"大姐",似乎想对我说些什么乞求理解的话,但是被警察制止了。我努力想从他的角度来考虑这件事,但是无论如何都找不出一个为他的行为进行辩护的理由。

以下这个情况的确是事实,它也是中国许多社会问题久久得不到解决和缓解的根本原因:在中国农村,生了几个姑娘却没有儿子,意味着没有未来。因为女孩子没有宅基地,并且在这样一个男性霸权社会,女孩要出嫁从夫,生的孩子随父姓。这种土地分配与财产继承关系上的不平等不仅给人们带来实际上的物质分配的不公正,还会给他们带来精神上的压抑和痛苦,它是导致超生、男女比例严重失调与贩卖女婴等深刻社会问题的重要原因。在中国农村,没有儿子的人几乎就等于是活死人,没有未来,没有希望,甚至邻居都不愿意帮忙,因为没有长远的效益。然而,这是不是能为像王XX这样的行为辩护呢?我想,这依然不能。

以下的情况也是事实:我们的政府并没有以积极的政策来支持和鼓励非政府力量(特别是宗教团体力量)参与到社会福利事业(尤其是医疗、教育与残障人的救助事业)当中来,公办的福利院和救助站常常由于缺乏必要的责任机制、个人的使命感和社会监督,而出现拒收甚至虐待被救助者的情况,它们远远不能满足解决相应社会问题的需要。这就为一些变态的"产业"提供了社会土壤。像王XX这样的人,如果一定要为他辩护的话,可以说他在某种程度上可以称为这些残疾人谋生的组织者和管理者,这些完全没有独立生存能力的残疾人,在没有充分的社会福利保障其生活来源的情况下,他们往往会成为家庭的负担。这个产业所催生出的贩卖与虐待儿童和残疾人的现象,是我们所不忍心看到的。但是,出路在哪里?

在为孩子报警后,我所要面对的一个实际问题就是这个孩子的出路问题。如果这个孩子能成功地被营救出来,他去哪里呢?谁能够收养他?我考虑过做他的助养人,如果能为他在国内找到合适的孤儿院或者收养所;我考虑过寻找发达国家的福利机构或可能的收养人;我甚至给新认识的男朋友打电话,提醒他做好心理准备与我一道肩负起收养一个孤残并且智力没有得到充分发育的儿童的重担。这最后的选择虽然不是唯一的选择,但很可能是最后我不得不做出的选择。这无异于说,我这样一个小小的帮助孩子的举动很可能意味着我要将自己的余生都与这个孩子捆绑在一起了,甚至要绑架我的男友。如果他不堪重负而离开我,我是不是因此要付出下半生孤独而终的代价呢?照顾这样一个孩子,不仅金钱可能是个大问题(他可能会需要巨额的医疗费,这是我微薄的工资无法支付的),时间和精力也可能是我根本无法支付的,他需要一个人全天候陪伴他以保障他的基本需求得到满足和个人安全,最后,对他的教育是一个最大的问题。如果这些都是普通人很难做到的,那么是不是为王XX这样一些人的存在提供了合理的解释呢?我不知道。

由于在派出所没有地方让孩子过夜并且也无人照管这个孩子,我不得不在将近午夜时把他带到自己亲人的家中。我为他洗澡,安顿他吃了饭躺下,又赶紧将他的衣服都洗了。第二天上午,我带着他在小区里玩,他真的像在天堂里一样开心。我把他放在秋千架上,推他荡秋千,听着他发出清脆的欢呼声;我默默地看着他用树枝在鱼池里拨水,一下一下地,他好像永远也不会觉得厌倦。这些对于其他孩子来说是再平常不过的游戏,对于他是多少奢侈啊。他是个孩子,他是快乐的,他需要玩耍。我的母亲用买菜的手推车,为他改装了一个推车,我把他放在上面推着他。离开派出所时,我把这个小车留给他了。在孩子离开派出所之前,警察为他取了血样,要做DNA记录。我希望,至少,他不会因为我的行为而处境更加艰难甚至有生命危险。因为当我们在拘留所外面等候的时候,那两个大一点的孩子说,到了年底他们会被送回河南去,我问这个小孩子怎么办?其中一个说,像他这样惹麻烦的孩子,就这样——他用手做了一个紧掐的手势。我不知道应该如何理解这个姿势,我只希望,当我下次再有可能去寻找这个叫王命长的孩子时,至少他还活着,并且,如果他的面貌我认不出来了,至少他的DNA与派出所资料库里的是一致的。

是不是我为此要感激像王XX这样的人呢?虽然他无法为这个孩子提供必要的饮食和最基本的生活需要,但是有一样他做到了——让他活着!他可以用这个孩子来赚钱,这是这个孩子活着的价值。现在,我不能再为这个孩子做什么了,我只希望,这个孩子的确是那个被叫做王命长的孩子,并且以后,他也会一直是。

我不知道在这个故事里,应该负责任的到底是谁?是王XX和他背后的那个女人,还是男女不平等的土地分配制度(他生了一堆女儿而没有儿子),或是没有让残疾人享受到的应有社会福利的事实?法律只能制裁那些违法的个人,却改变不了本身就不合理的法律或制度;法院宣判需要证据、证人和证词,对于一个受害者,这些都需要运气和他人的勇气,并不是每个人都那么幸运。

中国的所有社会问题,只要提起来一点,就像拉动了一个网上的纠结一样,会掀起一大片。没有任何一个问题是孤立的。那些最根本的制度上的缺陷常常是我们追究到最后不得不止步的地方。这些制度上的改变如何可能是一个大问题,即使这些根本的制度上的缺陷得到弥补,社会问题的解决还需要许多人为之努力,甚至需要全民都积极关注公益事业并为之付出努力才行。像照顾残疾人、病人和孤独老人这样的事,没有信仰的人很难坚持并且做到细心极致。我写下这些令人苦恼而沮丧的文字,是在自己尽了所有的努力却完全于事无补的时候所进行的最后的努力:追问一下——这一切都是为什么?出路在哪里?

2014年2月14日,泉城

民主与存钱罐

"大学生共产主义"在欧洲各大学中的平均寿命一般在一个月左右。年轻人,头一次离开家,同租一套公寓。一开始,大家的热情是相当高的,彼此之间所表现出的真诚也不是刻意造作得出的。大家恨不得 SHARE(分享)一切,有人建议大家合买餐具,当然诸如牛奶、啤酒、果汁之类消耗量极大的东西也不必分你我,大家轮流买来便是。但是,几个星期下来,似乎所有人的脸上都少了一些笑容。厨房里脏盘脏碗开始堆积起来,有的人开始在自己的啤酒瓶上划标记——每次喝到什么地方有个数。大家越来越频繁地发现厕所里没有手纸,放在浴室里的洗发水、护发素也都是空瓶。虽然没有人站出来正式宣告"共产主义理想"破灭,但是大家一致认为,根据现有的公民素养,期望共产主义还为时过早。

于是乎,经历过大学生活洗礼的人,自然对于"舍友"有相当成熟且稳固的认识——所谓 HOUSEMATE(舍友)就是需要你不断提醒该轮到她买卫生纸而不必感到不好意思的人。对"舍友"的另外一种定义就是：不得不生活在一起，但是永远不要期望走得太近的人（中国的大学生与欧洲的大学生的不同点就是七八个人不得不挤在一间房子里，其"刺猬效应"就更显著了）。"人各自私也，人各自利也"，或者"自私是人的本性"，这些话听起来也似乎是真理的样子。

聪明人总是有的，一个小小的措施就可以一劳永逸地挽救对人性的失望：公用钱罐，将这项措施引入我们宿舍的英国舍友叫它 KETTLE MONEY。说来很简单，大家商定好哪些物品是可以公用的，依次列出，如餐洗净、手纸、保鲜膜、垃圾袋等；每人每月放 5 镑钱在公用钱罐里，凡是共用的东西的花销都从公用钱罐里出，买东西的人自然将花销数目登记在册。如果上月略有剩余，下个月投钱的日子自然就可以延后。于是，在我们的公寓里，以上所列日用品从来没有出现过空缺。手纸买的都是大包，餐洗净也不会等到上一瓶空了再买下一瓶。这一点给我们的公寓清洁工留下了极为深刻的印象：她们对于所打扫的几十间学生公寓都了如指掌，因为我们租的都是学校的房子。难道是我们几个人比其他人都更具"君子之风"？非也。创造"奇迹"的不过是小小的 KETTLE（茶壶，小罐）。

前几年，常常听到的一种论调就是：在中国实现民主还为时过早，中国人的素质还没有达到西方发达国家的水平云云。这种论调当然有各种各样的想当然的假定来支持,如有人认为中国农村的族姓势力会成为民主的巨大阻碍。至于这种情况究竟占中国整个国家或农村中的多少;它是否像那些"专家"们所估计的那样必然影响中国民主制度的建立,都从未得到任何足以服人的实际例证和调查数据的支持。

寄希望于人性的提高而不是制度的改良,是孔夫子和孟夫子遗传给我们的思维方式。这种君子理想在民间造就了一系列的清官神话,老百姓对于"包青天"式人物的期待,掩盖了对于不合理的现实的思考和对于可能的改革措施的寻求。没有有效的制度维系,"圣人治国"和"君子政治"只能是神话。应尽的职责成了政客们的施舍;本是我们应得的东西,我们也要对什么人感恩戴德。

民主首先是一种制度,然后是制度下形成或者表现出的素养。如果硬要把它颠倒过来,那无异于一方面坚持一定要娶处女,又要在娶她之前一定要她证明自己会生孩子。

2002 年 12 月,Sheffield

女人倍儿脆

读了许多女权主义的哲学论文,脑子里涌出的却是一句相当感性的话"Woman is fragile"。怎么译成汉语?"女人是脆弱的"?那不是我想说的。"女人是易碎的"?意思接近,但太物化了。"女人需要'小心轻放'"又伤于笨拙,俏皮的说法是"女人倍儿脆"(天津卫腔),或者文一点,"女为脆"。显然,无论是在情感或身体上,倍儿脆的不只是女人。

怎么会想到"女人是脆的"呢?说起来可笑,不过是闺密间交流关于男友们的心得的结果。女人谈起前男友来,常常不是讲他们在学识、人格、兴趣和生活的品位上有多么的与众不同,而是他们对待女人的方式。细想起来,这种方式多少也代表了他们对女人与性的整体认识和感受。一种是热切的,急迫的,常常因此而近于粗鲁,他感受的女人只是他所感觉到的另一个皮肤更加细腻,肢体更加柔软的身体,触摸这个身体所带给他的快感完全是自我中心式的;女人,作为他所触摸的对象,由于缺乏与他的触摸动作之间的交流与呼应而无法避免作为近于物理对象的那种被动感。另一种则极其注重动作的节奏与力度,充分意识到了女人的身体作为一个神经更加敏感的存在对他的触摸的敏锐感受,他抚摸女人的快感是交互式的,他对于女人的身体对他的动作所做出的回应的关注远远重于他对女人身体的单纯触摸。前者往往是那种无师都能自通的本能,后者却是需要技艺甚至是把抚摸与性看成是艺术才行。

爱欲天成,爱的方式却是自习的;会不会爱女人,与其说是天生,不如说是一种培养。同样是十几岁的男孩,当社会主义中国的少年们还在"精神文明"中茁壮向上的时候,西方的男孩子们已经开始切磋如何像捧着易碎的珍宝那样来捧着女人的乳房;当东方的父母们还在为孩子有可能受到"黄色"熏陶而忧心忡忡的时候,西方的父母已经考虑为初恋的孩子提供零花钱所支付不起的避孕套。这不只是一种观念上的差别,其背后是对人性的态度:心理成熟与性成熟并非是同步的,但是心理成长与性成长是不可分的。如果一种文化还把在性生活上的天真与无知奉为成年人的一种美德,把对性的探索完全留给婚姻,那么,受威胁的其实可能不是性,而是婚姻;婚姻中的性不只是单纯的个人行为,也不止于对性的认识和尝试,而是嵌入到婚姻形式之中的一种社会行为,它所担负的东西远远超出了性本身。

女人对伴侣的选择,其中很重要的一条是性生活的和谐,拔高一点,是性生活的惬意。而性对于绝大部分女人而言,绝不是一个单纯的东西。对方的性吸引力首先是一个前提,其次是对做爱的方式的感受也决定了性生活的质量以及她对这种性关系的期待。

了解女人的性征候,最好也是最简单的方式莫过于了解她的性幻想。这些幻想当中包含了许许多多的符号,是极其SYMBOLIC(符号化)的。比如,大多数女性的性幻想中都包含着一些象征温柔的符号:起伏的海浪;窗外的细雨;蓝天白云下的金色沙滩;被夏风吹起的窗纱;轻纱的睡衣中隐约透出的身体的轮廓;宽大的房间和柔软的床;生机勃勃的鲜花和丰厚的绿叶;甚至是"轻轻落在身上的细细的皮鞭"等。很难讲女人们的性幻想在多大程度上彼此相似,说某一种类型的女人必定有某一类型的性幻想是武断的。同一个女人可以同时有不同的性幻想,不一而足。虽然如此,这些幻想多少可以反映出女人当下对性方式的期待和性饥渴或者所受到的性压抑的程度。很多女人的性幻想是野性实足的,甚至充满了暴力。但是,这并不代表她们实际上对性暴力有某种偏好,除非是真的有虐待与受虐的癖好。这些"暴力"符号所代表的强度与她们当下的性饥饿状态很可能是成正比的。在性幻想中出现的"强奸""捆绑""鞭笞""噬咬"一般都只具有象征意义,它们代表了女人对性的渴望程度。这些具有暴力色彩的性幻想中出现的另一些看似无关紧要的符号却是相当重要的:"暴力"所带来的"痛"都永远是适中的,与其说是渴望暴力不如说是被动欲的满足。

一个善于理解和识别这些性密码并且能及时做出应变的性伴侣是相当难得的。如果男人们了解这一个简单的事实,即,女人对性的要求是复杂的,不是一成不变的,那么,他就不会以为他可以令女人得到满足而无需在性爱的技巧上下一番苦功。只要想到你的每一根手指的触摸,每一次亲吻都可能在比你的身体敏感十倍的身体上写下成绩,那么男人就不会不花一些时间钻研一下做爱与接吻的艺术:优雅而热切的前奏,渐进的充满诱惑的主题,充满灵性的变奏与和谐完美的伴奏,温柔而意犹未尽的终曲。爱是一种艺术,这不是一种比喻,也不只是欣赏意义上的东西。爱,是真正意义上的体会,爱的行为本身需要你把它当成艺术来对待。"男人不坏,女人不爱"不过是一种扭曲了的说法。在床上道貌岸然的人是世上最可怕的怪物。

那么女人呢,是不是也要来点如此这般的近于废话式的忠告?其实有一点就足够了:从来没有什么爱是铁定的,爱会生长也会消亡。少一些抱怨,多一些欣赏,是对待真爱应有的态度。世上没有天生的泼妇、贱妇、荡妇或者淫妇,其实不过是一班没有找对男人和根本不会爱别人的怨妇而已。

2003 年 4 月 25 日 6:40am,371 Glossop Road, Sheffield

空 白

生活中有些时刻,当头脑最需要思想的时候,它却处于一派真空的状态。

也许是那些时刻来得太突然了,太猝不及防,甚至根本不给你任何空间和时间来生产自我安慰和谅解的理由,你连最起码的反应也没有。如果你的生活中有过这样一些时刻,或者说是你真的留意过这样一些时刻,那么,你就会明白,人并不总是时时刻刻都是可以用道德来衡量自己,哪怕你自以为是一个灵魂没有太多缺憾的人。

很多年前,我们用一个新闻摄影大奖和"人道的追问"杀死了一位摄影记者①——只是因为他所拍摄的非洲饥婴太打动人了——他的作品太成功了,以至于人们要不断地追问,那个在饥饿中挣扎的婴儿在哪儿?他为什么没有在拍摄的途中将那个生命拾起,为什么没有将他送到救济所?

---

① 1994年普利策奖获得者凯文·卡特。

难道对于他,那个黑婴儿只是一件物品,只是一个拍摄对象?他获了所有摄影家梦寐以求的大奖,却同时为此付出了生命。也许,当他走在非洲的沙漠中时,曾经激励他的正是为人道救援而献身的决心。但是,他那时可能决不会想到会是这样一种献身方式——自杀。在那样一种道义的追问下,他无法做出回答,他拿不出哪怕仅仅能令自己满意的解释。

他杀死了自己——但是我要问,是谁杀死了那个杀死他自己的他?

只记得从报纸读到这个消息时,我的头脑开始变得越来越空,没有想法,没有意见,没有任何可以让自己平静地转移注意力的见解,直到我的头脑变得完全空白而不得不放下报纸。那种空白的感觉是那么难以名状,整个人都好像飘在什么地方,似乎是空气中,但是却没有氧。那种感觉似乎在什么时候有过,让我仔细想想吧。它让我想起自己在几年前的一次经历,确切地说是一次旁观,用术语来说是一次"目击"。

那是在陕西渭南,是一月份的一个周日或者是星期一,我从西安返回渭南,因为我在渭南师专有一份教书的工作。我下了火车,穿过铁道线,从火车站的北边的储煤场出来,听着脚下的煤渣吱吱作响,看着那些灰尘涌上我的鞋面和裤腿。就在煤场的外边,离我约五十米的地方,向西去的煤灰路上,我看见了一生中难以忘怀的那个景象:两个中年男人在奋力踢打一个十七八岁模样的男孩,他长得并不高大也不健壮,他不反抗,似乎也根本不可能反抗。没有几下,他就倒在地上,缩做一团。也许不只是因为我把头藏在棉衣里而听不见他的嘶喊,其实他看上去根本就没有发出任何声音。两个男人住手,他们开始在他身上撕扯,从他身上扒走了他的棉衣。他赤条条地蜷曲在煤灰路上,他惨白的皮肤突然让我意识到那是陕西一年之中最为寒冷的一个月,气温可能要低于零下十五摄氏度。那两个中年男人扬长而去,带走了他仅有的上衣。显然,那两个男人也并没有把我当成一个"存在",他们的强横和被殴者的沉默,似乎表明那是一场应有的惩罚。如果不是在那一幕当中见到他们,我不会以为他们与任何别的渭南人,或者陕西人,或者是寒冷的气候当中的所有北方的中国人有什么两样。所有的这一切都更像是在儿时所接受的关于"旧社会"的诉苦故事或者是香港警匪题材的电视剧中的一幕。所有这一切都发生在几十秒当中,我目睹了全部,但是我并没有停下脚步。我继续向学校走去,我的头脑开始变得越来越空,直至一片空白。

整整有几天的工夫,我都活在一种半僵尸的状态。我备课,我教书,我准备考研。只是头脑不那么灵活。

那默默惊人的一幕粉碎了我二十年关于这个世界、这个国家以及我所生活于其中的这个动物种群的所有自以为深刻的思索。

我苦闷,自责,不知道自己在那一刻能做些什么。其实,应该,我本来,的确是,可以做点什么的。至少,我可以在那一刻有所行为而不至于让自己在对这个世界和人性产生怀疑的时候陷入不可自拔的灵魂自虐——那蜷缩于凛冽风中赤裸惨白的肉体足可以成为我一生的梦魇。

但是,那一刻,我的确是空白着。心灵没有任何准备和思考。我空白于惊愕,空白于不自觉的逃避——即使不是危险而是世界的丑恶。我空白于生活向我突然敞开的那条巨大的伤口,它无耻地展示着真实,但却不是美好。

在那一刻,我空白着,我的双脚载着我,习惯性地走向我惯有的生活。我并没有停下来,甚至没有放慢脚步,我只是目睹,并且经过,然后发现自己无从诉说。我没有任何可以为自己辩护的理由,甚至根本不想这么做。我知道那一刻我本来可以做些什么,但是,我没有做任何的什么。

我空白着,生命的意义成了一尊被弃置的偶像,从此不会再有人为它装饰闪烁的金箔。

我悲哀于那摄影师的自戕,因为我相信他和佛一样悲哀于人世的痛苦和苍凉,尤令我悲伤的是:一个悲伤于人世间的悲哀的人却因为他无能的"空白"和他人对这一空白的追问而自戕了。这是我对他的死所能做出的唯一解释。

这件事已过去了许多年,不知道还有几多人记得。我今天又诉说起来了,不是因为一时心潮澎湃,只是因为久久不能忘怀。那些可以诉说的,总会过去,而对于那些无法诉说的,或不能诉说的,就只能成为我们一生的包袱。那么,我现在真的能够就此而诉说了吗?

我想说:除了医生,谁也不会平静地面对那些血淋淋的残肢和伤口;除了上帝,谁也不会从罪恶身边不动声色地走过;因为上帝和医生有一点是共同的,面对痛苦和罪恶,他们不是无能的。他们或者可以救治创伤,或者可以惩罚罪恶,而这两者都需要有最起码的救世经验和心理准备。

但是,这些话,我是对谁说的呢?是为谁说的呢?它们并没有令我解脱。

1991年的夏天,我大学毕业了,两年多的政治抑郁症并没有因为我离开校园而减轻。许多曾经的梦想都被现实枪决了。记得就是在那个夏天,在西安火车站,我第一次见到真实的死亡:一个"死倒"横卧在或坐或立的个个汗流如注的人们中间,仿佛是一个困顿已极而顾不得体面的睡者。我几乎绊在他的身上,突然发现他大张的口中满是纷飞的苍蝇。我几乎呕吐出来,迅急跳走,大口大口地喘息,几欲昏厥过去。自那以后好几日都无法摆脱那种恶心的感受。

但同样是自那以后,我有一样改变了:我不再那么努力思想如何把自杀的想法付诸实践。无论是维特式的浪漫之死,还是拜伦式的英雄之死,或是江姐式的为中国人民和全人类解放的主义之死,都无法再打动我了。事实只有一个,死亡是丑恶的,无论为了什么而死。我曾经把自杀看做是唯一能逃脱生之无奈的、充满诗意之悲壮的真正自我主宰,甚至不准备让自己苟活过二十五岁。但是,那客死者的尊容足以让我揭去那盖在死亡之上的哲学与诗意的面纱,以死本身去理解死。我不再想自杀了,不是世界和自我比以前更令我满意,而是有一样东西比不完美的世界和无能的自我更让我难以接受,那就是死亡的丑恶。

逃避丑恶也是我们的一种本能,如果这样说不被认为是理想主义失败之后的一种自我精神解脱,那我将不胜感谢。

> 在每年初夏的这个日子,我都要赤脚在马路上行走几公里,作为生者对死者的纪念。死者长已矣,而我只能对死亡保持沉默。面对沉默中孤独的死者,我还能再说些什么呢?

我惧怕言语,我恐惧诉说。

沉默有两种,一种以为该说的都说了,一种以为说得再多也没用。其余的都是幽默。

2002 年 6 月 4 日,371 Glossop Road, Sheffield

英伦垃圾

听外国人数落中国人,我心里很难过;更让我难过的是,他们说的可能都是真的。

有一种感情是这么复杂,我不知该怎么来称呼它,暂且将它定名为"爱国自尊心"吧。

自以为是不配称"爱国主义者"的,因为很多时候,自内心里仔细揣想,这个自以为毫无疑问的问题其实包含太多的问题。大概念往往比小事情更容易为大家所认可,大是大非容易把握,而具体到一些小事情上,就只能仁者见仁智者见智了。

让我久久萦怀不能释然的却正是这样一些小事情,有些甚至不值一提,但是,又无法忍住不提,它们就像长在心里的疾瘤,令人终日郁郁。

刚到伦敦时,一个明显的印象就是,在这里,中国人并不多见。但是就是在那个时候,我第一次感受到了"中国人"这几个字的分量。

那可能是我第二次乘坐这里如织的地铁,到了维多利亚站,一下子人潮汹涌,行走都很困难。紧赶慢赶,终于挤上了一班地铁,那情形几乎和在中国挤交通车相似。我心里禁不住想:总算有一样事情和中国没什么两样了。

刚刚驶过一站,就听见一个英国男人说:"难道我的口袋里有你什么东西吗?"他与我只隔了几个人,正背对着我,在这个人挤人却又安静得出奇的车厢里,他的声音一下子吸引了所有人的注意力。接下来,似乎是一个女人的声音,嘟囔了一句什么。那个男子说:"我刚把你的手从我的口袋里拿出去!"显然,他是遇上小偷了。

也许是因为初来乍到,在这西洋镜里所见到的东西样样都比中国好,心里总是难免有些犯酸。原来英国也有小偷,原来英国的小偷也是往人最多最挤的地方钻,这不是和在中国一样吗?

当我正在心里暗自庆幸发现一样西洋镜里不那么闪光耀眼的东西时,这位女侠已拿出了似乎是早已百试不爽的杀手锏:她开始谩骂,一口一个"XX YOU",连珠炮似的滚滚而来,那位英国男子禁口无言。我想若是在中国,即使这位男士不给她一个嘴巴,怕也要回骂她一句。她与其是在骂人,不如说是在自我做贱。

我心里实在是佩服这位女侠,竟然一句不停地骂过了一站,地铁停了,她还没停,地铁又开了,她还在继续。真是让我好好上了一课英文,那些似乎是最能解恨的脏话,从英文老师那里学不来,从牛津字典里找不到,那一部分文化是不可能无师自通的。回过头想看一看这位尊师的模样,但是因为人太多,根本无法一睹芳容。

渐渐地,我开始佩服这位男士的胸襟,也许不回敬她,是唯一能保持自尊的办法。但是骂着骂着,这位女侠开始变了腔,由"YOU"(你)变成了"YOU ENGLISH"(你们英国人)。这一下子引起了众怒,车厢里的英国(男)人开始起哄,有人开始喊:"Get off the train!"("下车!")于是让她下车的喊声此起彼伏。这位女侠虽然一直没有示弱,一直没有住嘴,还是在下一站下了车。

于是,我听见有人问:她是哪儿来的?这也正是我想问的问题。这位不幸的男士的回答却是让我大大地尴尬起来:他说(他一点都不留情地说):"一定是中国人。"

我当时只想冲动地大声说:她绝不可能是中国人!任何中国人也不可能讲这一口标准的英国脏话!因为中国目前尚无那么好的英文老师!但是,我还是止住了。毕竟我没有看见这位大侠的模样,毕竟我……毕竟我不过是我而已,我不能代表所有中国人,也不可能代表所有中国人,更不可能为所有中国人负责。况且,如果她真的是中国人怎么办?如果她真的是那领先一步出国(常常是领先一步偷渡)的、在国外从事特殊职业的中国人该怎么办呢?

况且,最最要命的是,她的那种架势,那种破口大骂的本领,那种先发制人的奇招,对于一个来自中国的我来说,似乎是那么的不陌生。甚至她一边骂,我的脑子里一边想的就是一个中国泼妇的形象。难道这是偶然的巧合吗?我有一千个理由不把那位可怜的男士的话当真,我有一千个理由安慰自己:即使她确定无疑长着一幅亚洲人的面孔,那也有可能是日本人、朝鲜人、东南亚任何国家的人啊。但是,让我不安的是,为什么他一定要说是中国人?为什么他那么确信她就是中国人?也许,这只能仅仅归咎于他本人,或者是所有英国人,甚至是所有欧洲人对中国的偏见吧。

很快,我就领略了这种偏见是何以形成的。在莱斯特广场(著名的伦敦唐人街)的一家人头 4.99 英镑的自助中餐馆里,亲眼看到一个年轻的服务生如何以流利的汉语脏话破口大骂一个长着东欧面孔的年青女士。她当然听不懂汉语,但是她能看清他的表情和动作。她默默地坚持吃完了盘子里的饭菜,我没能。我走了,再也没有去过第二次。

几个月后,我的楼下一夜之间来了七八个中国房客,挤在本应该三个人住的小公寓里,他们都二十刚出头,奇怪的是他们几乎不讲英语。随着他们的到来,附近超级市场的手推车开始在楼下越堆越多。因为我是中国人,邻居们开始对着我抱怨,我只好说,他们初来乍到,也许不知道那些车是不让推出市场的。但是,那些扔得到处都是的纸箱和垃圾该怎么解释呢？我只好亲自动手把它们装进垃圾箱，因为垃圾工是不管那些丢在垃圾箱外面的东西的，这里的英国房东是不会去拣的。我若不拾，它们就一个星期又一个星期地在那里充当着某种证据。

令人庆幸的是，没有再发生别的什么事。几个月后，他们似乎都已经找到活干了，每个月挣上千把个英镑，也是了不起的本事。我想，至少工作也多少让他们懂得一些守法与公益之心。我承认，自己在这里并没有比在国内更不是自己。但是，多少也有些变化：因为这里的人总是十分注意给别人行方便，总是相对而言更经常地表达自己对别人的感激（哪怕是对那些在我们中国人看来最用不着讲究客气的人，比如自己的爱人、孩子和素不相识的售货员、公交车司机）。虽然有时不过出于一种习惯，但由于我自己没有这种习惯，所以常常会令有这种习惯的人不太习惯。

2001年，Brent View，London

"不必要的痛苦"可以避免吗

《中华人民共和国反虐待动物法》(专家建议稿)当中出现了一个令人费解的词儿,即,避免让动物承受"不必要的痛苦"。有人担心,这其中的潜台词是,有一些痛苦是必要的;又鉴于草案没有对于什么是"必要的痛苦"做出具体的描述和限定,于是,这无疑会给如何理解和解释这部法律的关键词汇带来困难。虽然只是一个词儿,但是由于其所处的核心地位,这不能不让希望通过立法而使中国动物的处境得到实质性改善的人们担忧。

什么样的痛苦是必要的?至少,对于我,这是一个非常难以回答的问题——即便是放在任何可以想象的条件下,我也很难为"痛苦"的必要性找出根据。生命的本能是追求快乐而避免痛苦,快乐不仅是生命健康的一种标志,也是有利于动物存在的一种积极的心理状态。动物在生育过程当中大都要承受一定的痛苦,但是,如果这些痛苦是可以避免的,那么,它们对于动物的生存也不是必要的。

尽管我们从痛苦当中可能会学到很多东西,体会到与快乐完全不同的味道,但是,这并不能成为痛苦是生命所必要的一个理由。所谓必要的东西,即是对一个存在而言必不可少的东西,如氧气和水对于生命而言是必要。

想来想去,似乎这个"不必要的痛苦"是来源于英文的"unnecessary suffering"或者"unnecessary pain"。确实,将其直接译过来是没有什么不可,但是,作为立法用语,如果在汉语里让人感到不自然,甚至有可能引起对于法条理解和诠释上的重大分歧,那么,我们就要好好想想是不是有更好的说法。

"unnecessary"在英语里既有"不必要的"意思,也有"多余的"意思,而"suffering"指的是心灵与肉体所承受的痛苦和折磨。这也就是说,"unnecessary suffering/pain"是指那些可以避免但却没有采取措施加以避免的痛苦。

其实,只要我们考虑一下立法者的本意,就能看到,"必要"与"不必要",不应该成为争论的焦点。因为立法者所考虑的是那些进行与动物相关的行为操作的主体,看他们是否已经采取了有效的措施来避免其完全有条件可以使动物免于承受的那些痛苦。既然如此,为什么不用"可以避免的痛苦"来代替"不必要的痛苦"呢?

一方面,这些条件是可以量化的;另一方面,它们也是可以随着时间与地点的变化而变化的,甚至是可以依据不同的法律实施对象而进行适当的调节。这些条件,一般被称为动物的福利标准,并且大都已经列入了国际通行的动物福利标准当中,如,在运输当中为动物补充水和食物等。并且,重要的一点是,这些标准并不是像有些人以为的那样,拿到中国来就一定是超前的。只要对照标准看一看,有些我们传统的、非集约式畜牧和养殖早已经达到甚至超过了;当然,有些确实是我们有条件可以做到,但却没有想过的;另外,有一些虽然目前在中国没有办法完全普及的,但是应当要求有条件的经营主体来遵循,或者严格要求只有满足条件的经营主体才允许从事这一行业,如对于肉用和皮毛动物等以使其承受最小痛苦的办法来进行屠杀。

2010年4月13日,山东大学老校区

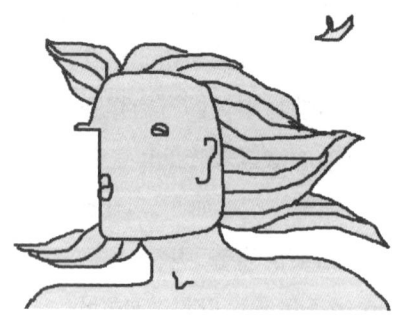

天上的风

刚刚在北大看完齐·宝力高和他的野马马头琴乐团的演出,听了他那许多粗砺、朴实又深刻动人的话语,心中感慨万千。他音乐的苍劲、优美、奔放、凄婉和悲凉都还在心中汹涌着,在地铁里我有许多次泪水忍不住溢出眼眶。齐·宝力高这个人,更像是一个被中国当代政治的无情岁月所风蚀出的一座沙雕,作为中国少数民族的一员、一个音乐天才、一个曾经的活佛、一个在"文革"中九死一生的人、一个从不放弃希望和努力的强者、一个拥有国际视野的坚定的和平主义者、一个为草原和蒙古文化以及这个世界上的生命的美好所面临的厄运而无限悲伤的人,他这个人本身就是他的音乐的最好注释。

他独奏元朝乐曲《天上的风》时,用的是一把原生态的马头琴,琴声的质朴与艰涩和齐·宝力高的专注与投入都让人感动倍至。"天上的风永远都在那儿,而人没有长生不死的,"他说,"只有和平,我们才能好好地活,我最恨民族仇恨与战争。"他的儿子和侄子,分别在东京和内蒙古当音乐教授,一起演奏了齐·宝力高一个月前写成的《白胸的百灵鸟》。这首乐曲是他在草原上见到一个翅膀受伤的鸟儿的挣扎,有感而发:"草原上到处都在挖煤,动物们没有家了……这是我所体会的一个鸟儿的心声……"这首曲子,与他在十八岁写的《万马奔腾》和"文革"期间背着"叛国"罪名在监狱中写的《草原连着北京》相比,更显出他的沧桑底蕴和对生命的热爱与对苦难的同情。这只受伤的百灵鸟,不只是一个失去家园的鲜活生命,也是齐·宝力高所深深为之忧虑的中国少数民族的生存和文化困境的写照。"如果我们早听嘎达梅林的,不在草原上种地,就不会有沙尘暴了……"。戛达梅林——这位因反对开垦草原为农耕地而被军阀杀害的蒙古族英雄在齐·宝力高的眼里是环境保护的先锋。他走过许多草原,去寻找那些民间的艺人和蒙古族乐曲,但是很多民间艺人却在"文革"期间因"叛国"的罪名而被打死了,他们的音乐也永远地消失了。他写了《大草原》来歌颂他所见过的那些草原的美好:"如果锡林郭勒草原没有了,那将是亚洲的重大损失。"草原的生态是极其脆弱的,比它更加脆弱的是草原上少数民族的文化。

　　齐·宝力高的生命就是马头琴,而他所承载的却不只是音乐,和平、爱和对生命的珍爱,是他永远的主题,他是我所见过的最具有国际视野和生命关怀意识的中国艺术家,这一点多少出乎我的预料。当他站在维也纳的金色大厅举办他的专场音乐会的时候,他说:"800年前,我的祖先成吉思汗到过这里,刀枪不入,今天我又来到这里,带来的是马头琴与和平。"一下子维也纳金色大厅掌声雷动;今天,在元大都北京,掌声也同样响起……

走进小区的院子时已近午夜,父母亲还没有入睡,在等着我,虽然树影婆娑,清风若水,皎白的月亮挂在天上像婴孩的脸庞,我仍不忍驻足闲赏。齐·宝力高的音乐还在耳边回荡,脑海中依然是音乐所唤出的想象:科尔沁草原、锡林河、鸿雁、骏马、蒙古族少女的歌、白云与长风……

2012年9月29日,中秋,北京印象

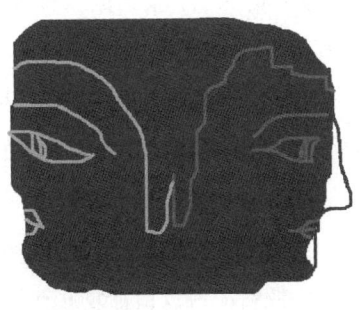

今生有你

四天前,一只新送到救助中心来的狗狗冲破重重阻围,跑掉了。两位工作人员找了整整一个下午,直到天黑也没有找到她。两天后,送狗的人打电话来追问,最后证实了我们的猜测:这只狗是她的狗,不是流浪狗。这又是一个典型:狗主人谎说自己的狗是流浪狗而坚持送到我们这里。

其实,自从我们这个流浪狗救助中心成立以来,我们已经好几次遇到类似的情况了:主人因为种种原因(儿子生孩子、拆迁或者其他不明的理由)就想将自家的狗狗丢给我们。这种不负责的行为,虽然给我们增加了很大的负担,但是,到头来,可能最受罪的是狗狗。我们接受的第一只冒充流浪狗被弃养的狗狗是一只独眼小母狗,她来到这里以后得了严重的抑郁症,几乎绝食而死。后来被我们的一个发起人带回家里,精心照料才得以精神复原。但是,她现在依然不快乐,而且喜怒无常。有了这个经验,我们很快为第二只被丢弃在这里的小狗找了新的主人,以免他承受更多的痛苦。长期的救助实践使我们很快就可以分辨出无主狗与有主狗的区别,这也正是我们坚持不接受被弃养的狗的原因。

有主人的狗,因为是与人一起长大,就像一个依赖人的五六岁的孩子,他们不知道如何与其他狗相处,因为他们其实并不将自己认同为狗,他们甚至有可能以为自己是人,对人更亲近。他们被弃养到救助中心后遇到的第一个问题就是因为孤僻而受到其他狗的排斥甚至攻击,有时是具有生命危险的。这与真正流浪狗的行为形成明显对比:后者知道如何与其他狗相处,会因为在这里有充足的食物和友好的对待而轻松适应新环境。

如果家养的狗狗被突然丢弃在救助中心,他们通常会经受常人难以想象的精神折磨,他们通常会因思念家和主人而导致精神抑郁。他们首先是不停地哭叫,想尽一切办法逃走;再后就会表现出巨大的攻击性,见人就咬;再发展下去就会厌食,精神萎靡不振……这种明显的精神抑郁与人的抑郁症一样,是精神痛苦当中最难以承受的一种。

谎称是流浪动物而将自家的狗丢弃给我们是最不可取的行为。一来,会使我们误以为他们是流浪狗而过于相信他们的自立与适应新环境的能力;二来,会对他们急切想回家的"大逃亡"行为因为没有任何心理准备而缺少必要的防范;三来,如果狗主人告诉我们真相,即便他们因为某种原因继续养活他们有困难,我们也会积极帮助狗狗找领养。这样才能真正解决困难,而不是为人为狗制造新的困难和困境。

仔细想想,所有那些弃养的理由都是难以成立的,都是为自己的不动脑筋和不负责任开脱。生一个人的孩子并不能成为丢掉一个狗的孩子的理由:只要将狗狗的活动范围与婴儿的生活范围适当隔离,将大人的衣物与孩子的衣物分开洗,那么,许多担心都可以轻松消除。拆迁就更不是丢弃自己的伙伴的理由:那么多的拆迁费,足够为狗狗置办一些简单的市区和楼内生活用品(如安全牵狗绳,狗粮,狗尿盆等)。人能适应新的环境,狗也能,只是需要人想一些比较聪明的办法让狗狗明白如何去做。

这只急于想回到主人身边的小狗,现在不知道在哪里,她真的成了流浪狗。因为她过去不是流浪狗,外面的世界对于她真是太险恶了:她会面临缺食、缺水的困境,有被汽车撞死和被狗贩子抓走卖掉最后被杀吃的危险。如果她能成功地回到主人的身旁,那应该是个奇迹。而这一切,都是谁造成的呢?欺骗了一个狗狗,就好像欺骗了一个未成年的孩子……你把她从母亲身边夺走,你曾经让她以为你是她的依靠,曾经让她以为她有一个一刻也分不开的伙伴,曾经让她以为她有一个家……而你对于她的爱,如果不能坚持,是会害死她的,或者让她生不如死。

2010年6月30日补记：

以下链接是我的好友于放应我的请求写的关于自己怀孕、生子与养猫、养狗并行的文字,可供那些想要生小孩而对养动物有所顾虑的朋友们参考。

http://blog.sina.com.cn/s/blog_53770f980100km6f.html

安安之死

猫有爱情,猫会得抑郁症,猫会死于绝望和孤独。

见到安安时,我的感受很复杂。安安是我见过的最自信和最唯我独尊的猫,别的猫几乎不敢与她接近,更谈不上与她争吃、争玩和争宠。她被从前的主人直接丢给董新(我在济南洪家楼一起做动物救助的伙伴),安安并没有像其他猫、狗那样经历过一段辛酸与危险的流浪生活。她看上去真的很像是一个完全没有受过苦和委屈的孩子,似乎不了解什么是不可能和不应该。

2008年,在我去英国与男友相聚期间,董新帮助我照顾我两年多来陆续收养并且没有找到领养人的八只猫。为了更方便地照顾这些猫,她将几年陆续收养的十五只猫一下子都搬到我的家里。这样,在我出国的一个月中,我家里同时有二十三只猫。董新并没有告诉我她的这个决定,那时,我们都没有足够的经验来预知这样的合并可能带来的后果:其后果之一就是我最早救助的那只猫斯斯由于过度精神焦虑而得了肝炎,最后不治而亡。

在分析斯斯焦虑的原因时,我们意识到,安安的强悍是造成斯斯抑郁的重要原因,或者至少是给斯斯的最大与最后的打击。我回国后,斯斯已经走了,而安安与斯斯的儿子(嘟嘟)的恋爱却如火如荼地发展着,他们每一天都会让我这个人类对猫的情感世界有惊喜的发现。这个对别的猫寸步不让的凶狠的安安,在嘟嘟面前却总是最可爱、最活泼与最温柔的有情猫,甚至会把自己最爱吃或爱玩的东西留给他。

我努力想理解安安,了解她性格的成因,了解她与其他猫咪的不同是怎么造成的。有一天安安无意中抓伤了我,这个谜一下子就解开了。当时,我正坐在小凳子上,安安突然跳到我的背上,要命的是,她并没有像其他猫咪那样,在跳上我的身体时将尖利的爪隐藏起来,她的两只前爪像平常抓住被子和床边那样抓住我的身体,锋利的爪尖深深刺进我的肉里,在我的背上分两处各留下了四五个小洞,血从里面冒出来,把我的外衣都染红了,我痛得叫了出来。后来董新告诉我,这正是安安被遗弃的原因:她不知深浅。

我想,安安其实只是想与我玩耍,或者想领略一下我肩膀上的视角。她的行为使我意识到其他猫是多么的谨慎与体贴:他们在跳上我的腿时,总会小心翼翼地不让自己的爪露出来伤到我,甚至是小奶猫和小奶狗在与我玩耍时也知道轻轻地不将我的手指咬痛。安安与其他猫咪的根本不同就是,她并不了解自己的能力,不知道自己的爪子可能造成的伤痛是怎样的,或者说她也不了解她行为的对象,不知道我会痛,甚至更严重一点说,她不知道什么是痛,她似乎从来没有途径来学习这些知识。

进一步的了解果然印证了我的猜测:安安从很小的时候就从母猫身边被带走了,可能是刚刚断奶,直到快一岁时她被主人交给董新时,她一直没有过其他的同类伙伴。这期间她从来没有与别的猫相处过,安安被抛弃的原因正是她常常无意抓伤主人或者主人的客人。她由于过早离开母亲并且缺少同类玩伴,她不能像其他猫咪一样在很小的时候就能充分认识自己的能力和自己所可能造成的伤害,最重要的是对人会被她抓疼、抓伤似乎完全没有概念。显然,她的曾经的主人,虽然很疼爱她,并没有动过脑筋想想如何在安安小的时候纠正她的行为。我问过董新,她说自己的背也同样被抓伤过,她由于过分疼爱这些猫,甚至都没有像我一样大叫。我想,安安缺少的正是一些基本的行为反馈。人类由于没有猫一样的利爪,我们不可能用行为或身体语言来教给他们这些知识,这也是我们与其他动物相处时的局限。

后来,在我们的流浪狗救助中心,也有一只类似的猫,她被放在救助中心的原因就是主人说她不知深浅,她愿意和人玩,对人极其依恋,但是会在别人抚摸她时突然咬伤或抓伤这些人。显然,她与安安的情形有几分相似,就是在成长的过程中缺少同类所给予的行为反馈,这是动物进行学习并认识自己和世界的重要途径。与人类生活的猫、狗,其实都是我们从其母亲和兄弟姊妹身边强行带走的婴儿。如果这种分离来得太早,他们的孤独就不只是精神上的,还会影响到他们认知和行为的发展。

由于营养好,安安长得强壮结识,她超常地自信和天真,眼睛当中从来没有闪躲或胆怯的神情。在与其他猫接触时,她强悍的一面更让其他猫对她退避三舍,这使已经成年的她更没有机会去学习那些应该在幼年时就从与同胞或母亲的嬉戏当中学习到的重要知识:适度与让步。也许正是她的自信和天真赢得了嘟嘟,嘟嘟不是流浪猫,他是斯斯生在我家里的小猫,是一只快乐的猫咪。我陆续带回家的其他流浪猫,由于生活挫折,他们都有一些灰色气质和情绪。嘟嘟一下子被安安所吸引,也许是因为他从她身上找到了气味相投的东西:自信、天真与从容。他与安安玩起来最开心,我这个家里几乎就是他们的天下了,其他二十一只猫都似乎只是他们生活的配角。其他猫咪虽然也有自己的知己小圈子,但是从不像他俩那样有时会发疯一样地上蹿下跳,他们身上有别的猫身上看不到的自如和无拘无束。嘟嘟和安安会发明许多游戏,从我看到他们的那一刻起,他们就形影不离,玩在一起,睡觉也总是挤在一起。

等我发现嘟嘟发情并开始到处撒尿留下自己的气味时,我就不得不把他带到动物医院给他绝育了。从医院回来后,嘟嘟就钻进一只纸箱里不出来,安安跑过来和他挤在一起,不时地舔他的头安慰他。我在纸箱旁边看着他们,我不知道这个手术对嘟嘟今后的生活会产生什么样的影响。突然,我看见嘟嘟抬起后腿给安安看——绝育手术是将他的睾丸切除了。嘟嘟的这个举动又一次颠覆了我的"常识":他不仅知道我们对他做了些什么,而且要让安安知道发生了什么。接下来的两天,安安都一直和嘟嘟依偎在那个纸箱里,嘟嘟不吃不喝,安安也吃得不多。过了几天,嘟嘟开始正常进食了,他们还是形影不离,但是,嘟嘟不再像以前那样快乐与好动了,他似乎变得深沉了许多。安安也似乎安静了一些,尽管她对其他的猫并没有变得更加友善。不久后,董新发现安安也怀孕了,也只好给她做了绝育。安安不愧是一只超级强猫,她的身体恢复很快,从麻醉中醒来后就行动自如了,并没有像别的母猫那样表现出乏力,她的精神似乎也没有什么变化。

由于担心过多的猫夏天生活在一起对他们的健康不利,并且也开学了,我也需要正常地工作,董新不得不将她带来的十五只猫咪带走了,这对嘟嘟和安安是最大的考验。嘟嘟在一段时间里变得沉默,后来有一只新救助的白色小猫渐渐填补了安安留下的空白。这只小猫,我叫她灰姑娘,简称小灰,她有一身长长的白色绒毛,头上有一点黑色。小灰非常温柔,情感细腻,体态优雅,娇小可人。到了秋天的时候,我发现小灰吃饭不积极,同时注意到嘟嘟对她似乎很冷淡,在她想靠近他的时候,他会反常地走开。小灰也查出得了肝炎,由于救治及时,她很快就痊愈了,但是她与嘟嘟的关系似乎再也没有恢复到从前的亲密,小灰的神情当中也多了几分忧郁。

嘟嘟已经长成一只强壮的成年猫了,他与其他的猫都友好相处,并且显然拥有他们的尊重与爱戴。他成了这个家名副其实的家长,他帮助我照顾每一只新来的小流浪猫,他用行动欢迎他们的到来,消除他们的恐惧和不安,他舔他们的头和背,安慰他们,让他们尽快熟悉这个环境。即使那些怕人怕到见人就跑的小家伙,不出两天也会在这个家里行动自如。我觉得,嘟嘟完全理解我在做什么,他是我最默契的救助伙伴和管家。

安安并没有嘟嘟那样幸运,她的故事是董新后来才跟我说的,那时似乎一切都晚了。离开嘟嘟后,安安完全抑郁了,拒绝进食进水,她也得了肝炎,有一段时间不得不靠鼻饲来强行给她喂食和水。肝炎好了以后,她的精神状态并没有多大的改变,每天只是在电视机上面趴着,一点儿也不活动,似乎只是在尽自己最大的耐心活着。我知道这个情况后,建议董新让安安与嘟嘟不时地见一面,希望这样会减轻一点她的痛苦。考虑到安安以前对斯斯所做的一切,董新害怕安安又会对小灰和其他小猫动武,或者,因为不能与嘟嘟天天厮守在一起反而会加重她的病情。我也想不出更好的办法。后来,我们在郊区租了两个顶楼上紧邻的房子,我甚至希望在墙壁上开一个小洞,在两边放上隔离网,这样既可以让安安与嘟嘟在中间的区域相见,又能避免安安对其他猫的伤害。但是,由于不可能在墙上开洞,加上董新考虑到小灰的敏感与脆弱,害怕又会制造出斯斯一样的悲剧,还是决定放弃这一努力了。

安安死了,自从离开嘟嘟后,她就无心饮食,身体非常瘦弱,只是有一口气表示她还活着。嘟嘟与她只有一墙之隔,但是我们却无能到不知能做些什么来缓解他们的爱之痛。对于这样敏感与钟情的动物,我真的不知道,我们是救了他们还是因此而害了他们。

我们救助的大部分动物都有一个欢乐的结局——被爱护他们的人收养。这里写下的都是令人忧伤的故事,因为这是最让我难忘的那一部分,也是最让我深切感受到自己的无知和无能的片段。我希望自己永远不会忘记这些事,也希望它们会有助于我们更好更多地了解这些动物的内心世界。

安息吧,安安!安息吧,斯斯!因为你们,我希望那些关于天堂和极乐世界的传说都是真的,希望你们在那里永远无忧无虑、永远快乐;在那里,一切都是透明的,将没有无知和愚昧,将没有懦弱与自欺,将再也没有那些由于人类的愚昧和懦弱而造成的苦难;希望那是一个比人间更加美好的世界,希望那是一个可能存在的世界。

我感激康德说过这样的话:世界上没有什么能比一个善良的意愿更清楚自明的东西了。当我们对这个世界还处于无知状态时,能指引我们行动的只有这个善良的意愿。虽然由于我们的无知和愚昧,这个善良的意愿可能会导致并不完美的结果,但是,它是我们在黑暗中可以依靠的唯一亮光,我们只能凭借这个亮光在错误与挫折中寻找正确的路。

2014 年 2 月 11 日,泉城

流浪者的绝唱
——"安乐死"安乐吗

未知死,焉知生

2009年十月份的一个夜晚,已经快十一点了,我与董新从山东大学带猫回来,到老校区东边花园路口时,见有几个学生将一只被汽车碾过的小狗放在路边,他们在那里束手无策。我们急忙打电话联系所认识的动物医生,但是,他们都已经快睡觉了。有一位医生简单问了一下情况,说如果狗的口中没有血就说明内脏没有问题,可以等到第二天再说。

我们将狗小心翼翼地装进猫箱,将他带回我家里。他疼痛得浑身发抖,一点儿也不能动,躺在那里,一刻也不让人离开他。好容易等到第二天早上,我带他去了最近的一家宠物医院,临时值班的医生看到他不行了,他已经严重脱水;我说给他喂过几次水呢,医生判断是他的肾脏被压坏了。看到他极度痛苦的样子,我想到给他做安乐死,但是,医生是个实习生,出于个人信仰,他拒绝给动物做安乐死。我只好轻轻抚摸着他,眼睁睁地看着他一点点走向死亡。但是,过了一会,他忽然奇迹般地坐起身来,像一个健康的小狗那样坐着,并且高昂起头,对天上发出动人心魄的长啸——那叫声凄婉而悲凉,与其说像一只狗的,不如说像一匹狼的。过了几分钟,他慢慢倒下了,神情与身体都开始放松,神志也渐渐模糊……半个小时后,他走了。在那一刻,虽然我从来不相信灵魂的存在,但是我仿佛感觉到他的魂在房顶上盘旋……我泪流满面,对着天棚向他说再见,祝他一路平安……

与此形成鲜明对比的是另一只叫"欢欢"的小狗的死。"欢欢"是我从狗监狱里带回来的一只黄色小土狗,他在那里就已经染上了犬瘟热。经过一个多月的救治,他不仅没有好转,而且病情越来越重。最后,病毒已经进入他的神经系统,他浑身不停地抽搐,并且痛苦地呻吟。最后一个星期,我晚上干脆就打地铺,睡在他身边,因为他看不到我就叫,我怕邻居睡不着,只好整夜搂着他,以便让他的叫声小一点。但是,后来他的面部神经抽搐到不能进食的地步了,一连几天流食也无法喂给他吃,他的脚趾也都干燥得龟裂了,无法站立。

在我最后一次带他去医院时,我已经决定接受为他做

"安乐"了。当我从出租车上下来后,我迟疑了许久,心里非常难过。我将他放在草地上,想让他再最后吸一点空气,感受这个城市对他的最后一丝寒凉。他似乎从我无法按奈的悲恸当中感觉到了这个不幸,因为他所表现出极度的不安令我吃惊。在进诊所时,他努力地挣扎着;在为他实施"安乐死"时,他竟然剧烈地跳起来,发出极其痛苦的叫声,让医生大失所措。最后,他好像终于是睡过去了,呼吸一点点消失了,但是,直到一个多小时后,我们埋葬他时,他的身体还是温的——我几乎不相信他已经死了……

在救助实践当中,我所亲历的这些死亡的画面,使我不得不对"安乐死"进行审慎而严肃的思考。不"安乐"者反而死得自然而释然,"安乐"者死得反而很痛苦与不舍;这些都不能不让我考虑死亡对于动物究竟意味着什么。对于死,我们似乎需要一个充分的准备,一个肉体与精神上的准备,不管这个过程是多么痛苦。自然的死亡过程与"安乐死"的巨大差别,让我不得不承认,对于死是什么,我知道得太少。

然而,从事流浪动物救助,一个不可回避的问题就是要不要给一些重病的、被医生宣判为不可救治的动物实行"安乐死"。拒绝这样做的人,被那些同意这样做的人视为是顽固不化的、不理性的;同样,前者也将后者看作是自以为是、任意剥夺生命的铁石心肠的人。

我此前对人的"安乐死"的合理性有过一些纯粹从哲学与心理学上的质疑,并且也曾经将我的主要想法通过与所指导的学生(曲晓琳)的讨论得以初步的展开;但是,当前对于动物"安乐死"的实施与其中的问题,引发了我的一些经验性的思考,这些思考使我开始怀疑我以前深信不疑的一些结论,并且重新考虑死亡本身作为一个过程及其对于生的意义。

对于"安乐死",我的一个最大疑惑就是:如果动物的本能是好生恶死的,那么,"求死"一定是不合乎其自然本性的;这也就是说,它是在一种极端状态下的想要尽快结束不可承受的痛苦的选择。

关键在于,对于什么是"不可承受的痛苦"的界定却是相当困难的;我们对于肉体痛苦的承受能力与我们的精神与心理状态是相关的:积极而肯定的心理状态会直接抑制肉体的疼痛或者使我们表现出对于痛苦的较大的承受力;相反,那些选择"自杀"的人,往往是由于承受不了巨大的精神痛苦。

选择"安乐死"(一种变相的自杀)的人,即使自称是为了结束肉体的痛苦,那也依然存在一个大问题:承受极端肉体痛苦的人,一般其精神状态都是相当令人忧虑的,大部分处于精神抑郁与消极状态——而在这种状态下,即便是没有肉体痛苦,人也可能有自杀的选择。这也就是说,在这种状态下的人强烈要求结束生命的"自主意志"能否被判定为是健康的,是一个关键。如果这种看似是"自主的意愿"其实是在一种病态精神状态下的表现,那么,它所要求的内容还应该被尊重、被执行吗?

当代进化心理学的一个研究动力就是通过对动物行为与心理的研究,使我们更好地了解人的本性与自然本能。这些有助于我们对于文明社会中的人所存在的各种行为和心理情结做出新的判断与诠释。我不知道,我这里对于受伤的动物的自然死亡与重病动物的"安乐死"的两个例子,是不是在某种意义上有助于我们重新思考死亡与"安乐死"的实质呢?

评 论

美爱生灵 2010-01-11 21:52:00

那个医生为病狗所实施的安乐死,难道不是先注射麻醉剂令其失去知觉,然后再注射致死药物吗?!

博主回复 2010-01-11 22:44:57

正是这样。但是,令人震惊的是,由于小狗似乎已经知道要被"安乐",他产生极大的抗药性,并且表现出惊恐、极度的痛苦与焦灼。类似的情况有过报道,那是发生在动物试验室当中的事,但是,这些事都大大出乎人们的意料。

那是我第一次同意给救助的动物实施安乐死,希望以后,我能有更好的选择吧——比如,给他们打镇痛针,等待其自然死亡等等——如果这是一种可能的话。

美爱生灵　2010-01-11 21:56:49

关于动物安乐死,似乎比起人类安乐死更难操作,因为动物不会说话,无法自主表达意愿(哪怕是在病态精神状态下的意愿),而决定动物是否安乐死的人的个体差异非常大,这是个救助过程中争议很大的问题。

博主回复　2010-01-11 22:07:31

是的,完全同意。这正是我写这篇小文的目的。关于人的安乐死,我的论文可能没有几个人愿意读的——太枯燥了!谢谢美爱生灵的支持。

爱美之心　2010-01-11 22:08:24

求生是一切生物的本能……

博主回复　2010-01-11 22:54:04

是啊,生命的脆弱本身使生活变得珍贵……

非非　2010-01-11 23:49:48

这篇文章让我落泪,我的小狗最终是死在我的怀里的。

在它临终痛苦不堪时,我心如刀割,下定决心让他结束痛苦。实施安乐时,它在我的怀里咽下最后一口气。我说的有些跑题了,文中之意是让人探索和思考安乐的问题。尽管我的狗最终未能安乐,但是那种主人长期的痛苦煎熬,无望无助,眼睁睁地看着狗狗受难而没有生还可能的时候,尽管万般不舍也要了断。这是太难过的话题……

博主回复　2010-01-13 17:36:06

　　谢谢非非与我分享您对小狗的哀思。是的,我所经历的痛,也不是一下子就能克服的:尽管那些都是流浪狗,可是想想他们在人的城市中的悲惨遭遇,没有什么能比这更让我感到悲哀了。至少,你的狗狗有过充满关爱的一生,这也没有什么遗憾了。生与死是大问题,否则,佛陀也不会花那么多年去想——我不是佛教徒,但是将佛看作一个人,一个不平凡的人,与孔子、庄子等都是一样的。

非非　2010-01-11 23:51:05

　　更正:这是太难过的话题。

逆光　2010-01-12 13:43:37

　　唉——想写点儿什么,却什么都说不出来。有时候,在生命和死亡面前,我们都很无助。

博主回复　2010-01-12 21:36:07

　　是啊,生只是一个过程。以前我对于亚里士多德所讲的"人生最大的目的就是追求幸福"不屑一顾,但是,现在我知道,他一定是经历过许多痛苦的人。

祝你永葆幸福!

幻想　2010-01-12 22:24:01

看到动物受苦是令人难受的,它们比人类更弱势……

博主回复　2010-01-13 17:37:29

的确如此。但是,在人们想到弱势群体时,却鲜有人想到动物。

yiuyun2008wen　2010-01-13 13:51:06

害怕看,你比我理性和坚强。愿好人一生平安。

理性之中国人　2010-01-13 16:42:09

生命是被造物主创造的。这个造物主在唯物观中是指大自然;在唯心观中是指神。生命既然是被创造的,那么对待生死问题就必须有一种豁达的态度。任何一个生命能被创造并来到这个世界,这本身就是一个奇迹(无论活多长时间)——我认为这是一切幸福的原动力,而死(从造物主那儿来,再回到造物主那儿去)不过是一件很自然的事。生死问题有着浓重的宿命色彩——人应该不干预生死,当一个生命承受异常的肉体或精神的痛苦时,我们(其他生命)只能在减少其痛苦上多做努力而无权选择结束其生命。我不赞成"安乐死"!

博主回复 2010-01-13 17:12:26

　　谢谢支持!我是一个自然主义者,痛苦也是生命的一部分吧。

新浪网友 2010-01-24 19:23:53

　　非常赞同"理性之中国人"的观点。

太阳雨 2010-03-04 13:29:35

　　既然生与死都需要过程,就让它们在自然的过程中慢慢地走向死亡吧。

博主回复 2010-03-05 23:21:09

　　我倾向于您的看法。因为,有时,我们将自己不知道的事情想得过于简单了。

新浪网友 2010-03-05 14:21:52

　　安乐死并不安乐!看看佛书对死亡的真相的描述就知道了!动物没有不惜生的。

博主回复 2010-03-05 23:24:46

　　佛教对于死亡的理解很值得我们深入研究,虽然它的一些基本的描述仍然是不可观察的。是的,乐生恶死是动物的本能,这是我反对安乐死的一个基本的立足点。

别吃朋友　2010-05-12 13:21:04

或许一些时候"安乐"的是人的心,而不是动物的死。

"乐生恶死是动物的本能",我站在你的一边,反对"安乐"死。

博主回复　2010-05-14 21:23:45

其实,我并不是无条件地反对安乐死,只是不知道,在我们对于死亡没有充分的了解的时候,安乐死(特别是对于动物——因为无法了解他们自己的意愿)是不是一种理智的选择。

火焰化红莲　2010-05-22 14:56:24

我曾亲眼目睹过安乐死,那是一只6岁的狗狗,主人嫌弃它身上久治不愈的皮肤病,所以带到宠物医院做安乐。小狗看上去很精神,若不说它有皮肤病,外表上还看不出,主人把它放在治疗台上想走,小狗拼命地狂叫起来,这时主人回过来摸摸它的背,小狗立刻就不叫了,很乖地靠着她,它哪里知道它将永远要离开它信任的主人了。这时医生给小狗打了第一针麻醉,小狗睡过去了,主人趁此走了。医生随后给它打了致命的一针。几分钟后,小狗突然抽动起来,睁大眼睛,张大嘴巴,抬起身子,努力地要站起来,它像是在找主人救命。这时医生跑过来用手卡住小狗的嘴,让它吸不进空气,小狗痛苦地挣扎着,渐渐地软下去。随后,医生把这只小狗的尸体扔进了冰库。我在陪自己的狗狗看病时目睹了这一切。这一天我过得很不愉快,心里闷闷的。安乐死一点也不安乐。

死亡实在是一件很难平静面对的事情,但我会竭力维护它们死得有尊严。倾向太阳雨的观点。

博主回复　2010-06-04 10:31:50

感谢您又为我提供了一个案例。我需要这样的实例让动物心理学家们和动物医生们来重新思考死亡和安乐死的本身,甚至是具体的操作方案。特别是伦理学家们,他们的理论常常缺少经验的支持,甚至只是纯粹理论性的假设。再次感谢!

蓝蓝　2010-05-22 15:24:42

我也经历过给猫猫安乐死。

那是几年前,我捡到一只小奶猫,养了半个多月的样子,得了腹水。医生说看不好的。小奶猫好痛苦的样子,我给它选择了安乐死。一个鲜活的生命,因为我的选择,提前结束了。我感觉我是个刽子手。至今不能释怀。

博主回复　2010-06-04 10:18:49

蓝蓝:

请您千万不要这样想。这并不是我的本意:我不是对安乐死普遍质疑甚至明确反对,只是希望一些像我们这样专业从事与动物相关的领域研究的人知道一些可能没有经历过的案例,并且思考一些没有思考过的问题。这只是一种研究的态度,而不是一种批评甚至是谴责。

我想,您做的是对的,只要您的本意是好的。这也是目前伦理学的一个热点,即对一些没有能力表达自己的愿望的主体(如植物人),需要有人替他们做不得不做的选择。只要我们是为了他们好,那么,这在道德上就是无可指责的。

被自己忘记了的翅膀

——鸡也曾经是鸽子

2010－01－21 12:44:36

标签: 白鸽　护生　重返自然　鸟类训练计划

　　在养鸽场里,鸽子被当鸡一样来养,因为鸡也曾经是鸽子。

来到向往已久的羊城——广州,拥挤、繁忙而快乐的城市,怡人的气候,令人愉快的人情,特别是中山大学北门外广场上兴奋地对着珠江舞蹈的人们,真是令人难忘。但是,啥人有啥命儿,不会享福的人总要找些事来烦扰自己。这不,我又有缘与两只小鸽子相识了。只是相识的地方有点不太浪漫……

昨天在菜市场看见一对白鸽被装在一个很小的塑料网兜里卖,羽毛已经残缺不全,当他们被卖主提起来丢来丢去的时候,其惊恐挣扎的叫声让我实在不能就那样转身离去。

我买下了他们,知道这样做,真的可能没有多大的意义;但是,至少对于这两只白鸽,我或许可以做一点什么——而这对于他们,作为生命,可能就是其全部的意义。

这就是将他们两个打包在内的网兜和我将他们带回来的塑料袋。

我将他们带回家,将网兜剪开。怕他们一下子飞跑了,可能又回到原来的养主那里,又逃不掉被抓来再卖和被杀的命运,我就将他们放进一个竖起来的纸箱里,放上大米和水,想让他们先恢复几天,再想办法找适合放飞他们的地方。怕他们飞跑了认不出来,我在他们胸前用红色水彩笔做了记号,是可以洗掉的。给他们起名叫"大白"和"小白"。他们一刻也不能分离,只要一分开,小白就会发出急切的呼叫声,直到他们在一起,相互用喙触摸彼此来安慰。大白不但个头大一些,而且相对来说性情也比较沉稳、机智,什么新鲜事都是他试过了,小白才跟上的。

可是,当我想将他们放入大一些的空间中时,我发现,他们其实根本就是不会飞的。他们好奇地看周围的环境,

但是，只用他们的脚，却不知道自己有翅膀似的。我就放心地将他们放在置于地面的纸箱上，让他们用自己的方式熟悉这个新家。但是，被当成鸡来养的鸽子还有希望飞起来吗？

今天早晨起来，我去阳台上看，他们还安静地呆在自己的小纸箱家里。我特意将晾衣架上缠上布条，为他们做了一个可以抓握的支架。当将他们放上去时，小白甚至不知道怎么站立，而且身体紧张得颤抖。过了好一会才稍微适应.我一转身，他们就又跳到地上，回到纸箱家里去了。

我又鼓励他们这样做了一次，他们才在他们的杆子上待得自如了。

过了一会儿,他们又跳回到阳台上,开始在那里信步,并且找到了我为他们准备的水盒。大白在那里洗了个澡。

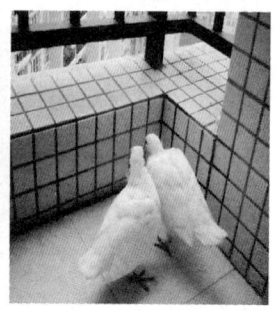

我又把他们放回到杆子上,大白在那里将全身的羽毛都支立起来,很透气,一副爽呆了的样子。他们好像是很高兴,彼此亲切地交谈。

但是,他们还是不会飞。我的放飞计划能实现吗?要等多久?是不是只好将这两只白鸽当鸡来养呢?

我开始制定我的训练计划,但是实在没有什么信心啊……大白,小白,你们想飞吗?

他们真的不知道自己的翅膀可以做些什么了吗?

这样的"飞跃",真的是让人发愁啊!

评　　论

爱美之心　2010-01-21 13:37:54

希望它们能够如你所望!

展翅高飞,到一个没有人类能伤害它们的地方。

博主回复　2010-01-21 14:07:43

就目前而言,这是一个多么大的奢望啊!

美爱生灵　2010-01-21 14:17:05

博主改养鸽子了吗?您家的猫猫呢?

博主回复　2010-01-21 14:18:26

放心吧,猫猫狗狗都还在家里,有专门的人来照看!

美爱生灵　2010-01-21 14:19:57

恐怕是从孵化出来的那一天就被关在一个狭小的笼子里,

作为肉食鸽来养的,您的放飞愿望恐怕多半要……

博主回复   2010-01-21 16:39:49

是的,这正是让人发愁的地方。如果小孩子错过了学说话的最佳时候,再想让他开口就难了。今天早晨母亲跟我开玩笑:"他们需要一个飞行教练,你要不要先做个样子给他们看看?"(我们住在20楼!) 这让我想起那些用小型滑翔机带领人工抚育的候鸟飞行的人们:看来我给自己找的麻烦这一次是大了点!

美爱生灵   2010-01-21 14:24:32

到海南去建一个庄园吧,可以尽情地养各种各样的"海陆空"动物。

博主回复   2010-01-21 14:54:59

真的没有能力(也实在不想)建立什么庄园啊!要是他们能有一片自己的天地,能自由且自然地活,我就可以无忧地死了。不过话说回来,一个在北京的美国朋友就是想在中国建立一个动物乐园(而不是动物园),他想的是丰台,显然没有海南好!我会向他建议的。

引古自嘲:"世上本无事,庸人自扰之!"令人高兴的是,这样的庸人在中国越来越多了!

百兽之王 2010-01-21 14:54:10

对于两只鸽子,真就是遇到了救世主。

博主回复 2010-01-21 20:33:18

话别说太早了,到头来,我可能只是给父母增添了一个大麻烦:将这两只鸟当鸡来养吧!

不过,我们还没有完全放弃……

海的儿子 2010-01-22 12:00:21

好文章,博爱。

博主回复 2010-01-22 12:24:51

今天早晨,他们的飞行训练已经有了一点点起色:学会安全着陆了!漫漫征程,困难还大着呢!谢谢朋友鼓励!

饮一瓢沧海 2010-01-22 23:01:19

呵呵……爱它——并且以爱鸽子的爱来爱它,您的爱会让它早日舞动鸽子的翅膀,祝福您和它。

博主回复 2010-01-22 23:20:56

谢谢"您"!他们是自己的"在",但不是我的"存有"啊!

饮一瓢沧海 2010-01-23 00:09:36

哈哈！赞一个,您乃高人！您爱它——它是您爱的鸽子;您爱它且无待于它——它就是您与您的"您"相遇中的鸽子。

博主回复 2010-01-23 02:38:48

在"您"的世界里,"我"止于心。而心与心相遇,便是自己看自己,即"息"也——"息"乃生也!

月亮 2010-01-23 13:04:20

这里的评论比正文还精彩,同意否？

博主回复 2010-01-24 11:54:17

谢谢！难得有人在这里既研究庄子又看海德格尔,而且是个很爱琢磨的人呢！

青石斋 2010-01-24 15:08:57

阿弥陀佛！

多么可爱的小白鸽……

我喂了许多信鸽,也是从鸽蛋孵化出来的,了解它们的习性,这对小白鸽可能还不到一个月,在一个月后才慢慢学会飞翔,你可以在阳台给它们搭建一个窝棚,把它们关在里面,可以在阳台上嬉戏玩耍,慢慢学会飞翔,它们吃粗粮(玉米、高粱、小麦、谷子等),喜欢喝水,食物和水放在鸽棚。学会飞后,它们会自己飞出去飞回来,给人带来很多乐趣……谢谢您!给它们一个温暖的家。

博主回复　2010-01-24 16:57:13

您的知识真是太宝贵了:我也知道他们一定不大,因为颈上还有纤细的黄毛。他们已经在我们的阳台上安家了,过得很好。只是怕物业不让养,我正在努力为他们找一个有院子、最好是有树和草坪的人家来收养。如果我有一个院落和几处芳草绿树,真的希望有这样一对洁白的生灵来装点呢!

关怀家园　2010-01-24 16:40:12

回访朋友,欣赏博客,互相交流,常来做客。

闲云　2010-01-24 16:47:15

等翅膀上有了肌肉,应该还能飞,抱有希望。问好。

博主回复　2010-01-24 16:55:57

谢谢!

kekechong   2010-01-25 16:10:03

祝福他俩吧!

博主回复   2010-01-25 17:16:24

HEAVEN BLESS!

哈斯高娃   2010-01-25 22:55:18

不知道说什么啦……祝博主快乐吧,嘻嘻。

博主回复   2010-01-26 23:36:14

也祝你快乐!

戒杀护生茹素   2010-01-26 13:04:54

中国修订反虐待动物法:食用猫、狗肉或被拘,希望您赶快去投票支持吧。

博主回复   2010-01-27 18:08:40

去过,也勉强地投票了。但是,发现那里所列问题的"说法"大有问题:禁食猫、狗肉意在打破偷、贩、卖与虐杀猫、狗的黑色产业链条,但是这里撰写问卷的人的陈述却将其变成了一个文化问题。

其误民众的作用比真正反映民意的作用要大得多。真是令人遗憾啊!

饮一瓢沧海 2010-01-26 13:21:22

牵挂两只鸽子呵,下文?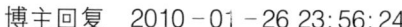

博主回复 2010-01-26 23:56:24

谢谢牵挂!他们的身体很好,食欲大增,而且也比较开朗了:现在小白可以大大方方地欺负大白了——护食、挤兑他,不让他吃;她再也不躲在他身后了。真是让人替大白抱不平啊。嗨,连女鸽都是如此!现在,他们的飞行训练暂时停下来,虽然每天仍有两次下行飞落练习。正在努力为他们寻找一个家,到了新家,再练起飞吧。很有希望为他们找到一个依山傍水而居的好人家呢,但是还没有最后定。

博主回复 2010-02-20 22:01:23

UPDATED:已经决定将他们送往南华寺,不日将动身。看来他们是前世与佛有缘吧。

商丘 2010-02-25 19:07:32

阿阿阿阿阿阿阿阿阿……

博主回复 2010-02-27 23:57:51

结局:昨天已经将小白送往南华寺,看着她在小径上啄米,在草地上安详踱步的样子,想到有宗岳法师和佛学院的学生们照看她,我也就放心了。宗岳法师说,这里有许多鸽子,其中有许多不会飞的,她不会孤独的。大白死了:他飞/掉下20楼,被困在什么地方不知道,当我发现他时,他正被邻居从地上救起,已经虚弱到不能站立;回来后,我为他灌了一些豆浆,他恢复了一些体力,很有食欲的样子;但是,两天后,大清早,我发现他断气了……已经将他埋在越秀公园的树林里了……愿他安息——很后悔没有将他早些送往南华寺……

Meer   2010－03－10 15:20:12

　　鼻子酸酸的。朋友,加油!

博主回复   2010－03－12 21:06:17

　　是的。你也是。

逝者如斯

2010-01-01 16:01:00
标签：动物伦理学　动物权利　同情说　义务论　达尔文进化论　斯斯

我不知道这是不是一个好的借口：这一段时间没能照顾新浪这片田地和来访的朋友们，因为新成立的流浪动物救助基地在这个寒冷的冬天发生了流感，绝大多数狗都得了流感，将大家忙得团团转。当时不知道这会不会是致命的流感，我们都心急如焚。还有一些新救助的狗狗们有的带着致命的传染病，这两个月来，我家里的病狗没断。三个星期前同时有三只病狗，都需要隔离：一只流感（放在地下室），一只狗瘟（放在饭厅），一只细小病（放在客厅）；得细小病的狗好了，又分别得上了其他两样病　是由于我同时照顾他们，不可能将病毒完全隔离开吧，好在这只坚强的小家伙都挺过来了。每只小狗每天要打两次吊瓶或者小针,一个一个送去动物医院,再抱回来;还要忙着上课。好在家里的9只猫咪,都很体贴我,一个个都安静、整洁且健康无忧!

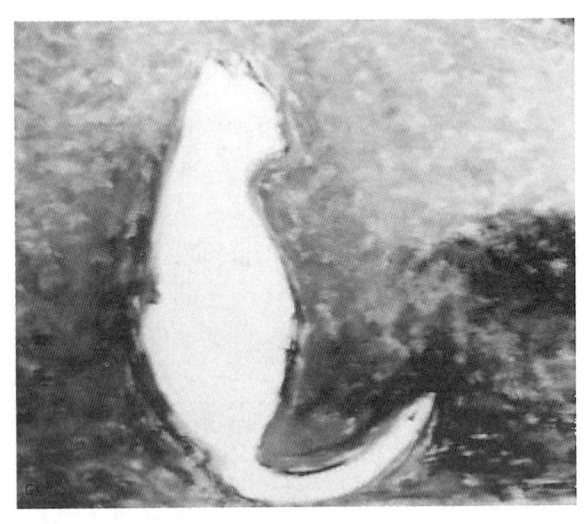

斯斯和她的树——Your Tree in Our Yard,布面油画。郭鹏,2010年1月12日,泉城。

以下是两个研究生最近写的采访,我暂时用来顶一下,希望那些想了解我和动物的朋友们能从中略见一斑。等到我将关于动物的文章整理好了再来正式交稿。这暂算是我在新年中对于动物朋友们的一个祝福和对于我的人类朋友们的一个美好祝愿:愿所有生命都快乐、健康、自由!

关怀生命,且行且惜

——访郭鹏

邢新乐　许　静

记者：郭老师,我知道您只吃素食,您为什么开始吃素?

郭鹏：我吃素,在很大程度上是受母亲的影响。我从小就随母亲,看不了死的东西,直觉上受不了。母亲是属于"远庖厨"的那一类人,即便是做饭,也总是相当清淡的。当我长到二十岁左右,一下子就把肉与死联系到一起时,就不想再吃肉了。我母亲的家庭传统上是信佛的,她晕血,生活当中很少吃肉。

记者：我也不喜欢吃肉,但是完全吃素就做不到。您是怎么做到的?

郭鹏：其实我自己变为完全吃素也是一个相当漫长而艰难的过程。一开始是馋,实在忍不住了就想吃一点吧,吃一点点就不馋了,但是心里会更加惭愧的,于是吃的愿望就越来越少了。其实,在做学生的时候,吃素就更不容易了。学校的伙食不好,缺营养,是个问题。特别是在我读研究生的时候,每天做翻译都赶到夜里两点多钟,虽然不想吃肉,但是在学校没有什么吃的,身体也吃不消,偶尔也会买一些香肠吃。直到后来我工作了,能自己烧饭了,我才能比较如愿地吃素。

如果从小就吃素,可能就不会存在我以上说的第一种困难:从断奶后,我们就开始习惯食物,小时候吃的东西,常常就是我们长大以后最爱吃的东西。这也是动物的一种习性:我们对食物的选择性依赖是从父母在我们还是婴儿的时候所喂的食物中培养起来的。其味道从一开始就印在头脑当中,成为我们一生的记忆,这种对于特定食物的味道的记忆与吃饭所带来的生理快感完全是一体的。

这也就是为什么我们长大了以后还是会最怀念母亲做的饭菜的原因,那种记忆不只是对于食物的记忆,还有许多与父母之爱以及家庭温暖相关的幸福感。如果小的时候最爱吃的是某种肉食(因为其中常常加了相当多的作料,味道的刺激性大,比起单纯的素食来给我们的印象深,所以最难以忘记),这样,那种幸福感就会与这些食物的味道捆绑起来。这也正是后天吃素常常不是件容易的事的主要原因——食物不只是食物,我们对于它们的感情和记忆是与我们的成长完全联系在一起的。

如果一旦明白了这一点,我们就会想办法将对于素食的记忆也变得生动起来,从而使茹素的经历变得难忘。比如,如果你请自己心爱的人吃的第一顿饭是非常可口且做功精美的素食,那么你对于素食的感觉就会与恋爱的感觉绑定在一起,因此也就增加了不少的幸福感和诱惑力,你说不是吗?

记者:您从什么时候开始做救助动物的工作?

郭鹏:我是2006年年底从英国回来的,那时虽然也偶尔看到有流浪动物,但是并没有引起我的特别注意。07年5月21日(我记得很清楚,因为这一天是我儿时最要好的朋友的生日)在我们小区里我捡了第一只流浪猫。

那一段时间,我在院子里经常见到一只小猫,三花的,长毛,很快乐的样子。有一次见她在路灯下扑蛾子,那时我就想,尽管是流浪猫吃垃圾,朝不保夕,但还是很快乐的啊。可是,一个星期以后,我就远远地见她有点瘸了,当时也没有多想,以为她可能是被小孩子打了吧,过几天就会好的。再过几天,开始下大雨,一连下了两天。大雨后,我下课回来,走到我的楼旁时,看见她浑身脏得不像样子,在泥水里艰难地向我爬来。我走向她,她又有点怕,但是她实在太虚弱了,几乎已经奄奄一息。我立即将她抱起来,送到小区对面的宠物医院。她后腿不能站立,我以为她是被打伤了。可大夫说,那是典型的由于长期缺乏营养造成的脊椎变形。她没有其他病,只是由于过度缺乏营养而濒临死亡。在大夫的精心救治下,她从死亡线上走回来,在我家里渐渐开始恢复体力。那时,我在家里开沙龙,很多朋友都看见她很友好但是又相当虚弱地半躺在地上的样子。她心灵上所经受的创伤大约在三个月以后才完全恢复。那时,她才可以自由行走,并像所有快乐的猫咪那样自由地表达自己的感受和要求。这几个月当中,她使我对于猫的理解完全改变了,我看到他们在智力与情感上与人类的惊人的相似性。

原本,我以为,将一个向我求救的垂死猫抱起来是那么自然,那么简单,并不算是什么大事,但是,就是这么一只猫,可能要把我下半生都改变了。她让我了解动物,了解他们的智慧、感受与生活,体会他们的快乐和痛苦。她为我打开一扇通往一个无比广阔的宇宙的大门,我因此而得以超越那囚禁自己几十年的人类自大、肤浅而狭小的世界。我的视野一下子扩大了,通过了解动物的心理和行为,我对于人的本性和什么是自然的生活有了更深入的了解,同时对于生命的意义和整个世界也有了一个全新的认识。

我叫她"斯斯",即"有猫如斯"的简称,是因为我惊讶于她的美丽、聪慧、对于我的细腻的体贴与温柔的感情。她对于我的关怀几乎完全超出了我曾经可能有的任何大胆想象,最细腻处是最关心我的人都无法体会和做到的。希望以后我能有时间和平静的心来专门写一本书给她吧。

记者：您家里收养了很多流浪狗、流浪猫？

郭鹏：是的,自从收养了斯斯后,我就开始注意起小区里的其他流浪猫。注意到他们并不浪漫的生活和他们所面临的种种致命的危险。我开始在自己楼下为他们准备粮食和饮水,这样,小区的一些小猫开始到我们这里来吃饭。我收养的第二只小猫是自己跟我回家的:进家后发现原来是她体内的虫子太多,多到从肛门里爬出来,她原来也是在向我求助。我就给她吃了驱虫的药,她就好了,一直心宽体胖地生活到现在。后来,我与济南猫窝的苏晓晗取得了联系,她以前是我的本科生,在我们学院读到博士毕业,她本人给我很多的帮助和指导。在猫窝的帮助与援助下,我开始对我们小区里的猫进行有步骤的救助和绝育。在两年当中,基本上控制了猫口数量,并且在小区其他长期自发护猫的老师们的配合下,为他们提供了基本有保障的生活。

后来,我认识了洪家楼地区的其他猫友,我们的救助工作也开始向老校区扩展。最多的时候,我家里有二十三只猫。但是,我只是将自己的家变成了一个临时的救助中心,是一个临时性的收养所和疗养中心。猫咪们在恢复健康和体力以后,或者找领养,或者放归原处,保证有人看护。在我家待过的猫咪的数量我已经记不清了,大约有四十只以上吧。后来,我们救助的对象又扩大到狗,两年下来,在我家呆过的狗也有三十多只。去年秋天,我们几位朋友一起在黄河北岸鹊山脚下建立了济南市第二家流浪动物救助中心,这样,我们就可以比较好地并且更大规模地进行流浪动物的救助工作了。

记者:救助动物需要投入极大的财力与精力,这与您的生活与学术研究冲突吗?

郭鹏:是的,的确是相冲突的。但是,后来我发现,我在救助工作当中也使自己的学术研究受益不少。

让我先来讲讲冲突吧。首先资金的投入是一个方面,另外时间的投入,这都大大影响了我个人原有的生活。但是,我也因为救助动物生命和使一些动物的处境变得更好一些而免去了自己的一些焦虑,所以也是一种回报吧。因此,我在这上面没有什么可抱怨的,一切都是自愿的。只是有时觉得自己的能力和时间都太有限了,而现实情况却相当不令人乐观。

另外就是精力的投入,这确实与我原来的哲学研究相冲突。我的长项是语言哲学,特别需要进行长时间持续而安静的思考,才可能有一些突破性和比较好的见解。但是,从事动物救助之后,这样高质量的思考对于我几乎是一件太奢侈的事,因而,我几乎不得不中断了正在进行的语言哲学的研究。这对于我个人的事业是一个相当大的损失,我希望在几年后,当我在动物保护的工作上终于可以松一口气的时候,我还能回到我所热爱的语言哲学的思考与研究上来。

再讲讲促进吧。由于深深卷入到动物保护工作中不可自拔,我也深刻意识到,我国目前在动物保护理论上研究的极大不足。一方面,哲学理论上还几乎是一片空白,另一方面,实际工作和立法的进行都迫切需要理论的支持。因此,作为一个为形势所迫的结果(当然同时也是一个学术生活的折中),我开始将自己的研究方向暂时转移到动物伦理学上来。这一方面使我又能重新思考那些与人相关的伦理问题,另一方面,又促进了我对于世界上目前在动物心理与动物行为研究方面成果的深入学习。

这对于我是一个全新的研究领域,同时也算是歪打正着吧,我觉得自己还是很有兴趣的。加之,实际工作的迫切需求,使我的研究工作显得更有时代的价值和应用伦理学所具有的厚重的现实意义,这是进行纯粹的语言分析所不可比拟的。

即便是流浪动物的实际救助工作本身,也使我受益无穷,我在对自己所收养与救助的猫狗的观察当中,增加了许多关于动物行为与动物心理方面的知识,其中有一些知识是从观察纯粹野生动物的行为当中不可能获得的。比如,人类的生活环境与行为如何重新塑造了动物之间的关系。这也是动物行为学研究很重要的一个方面。

我现在开设的全校通选课《动物伦理与素食主义》就是意在唤起年青学子们对于中国动物处境的了解和同情,并让各个学科的同学们积极参与到与动物保护相关的研究和实践活动当中来。这是一个与人类生活的所有方面都息息相关的大课题,需要从几乎所有学科来加以研究和突破。中国在这方面的研究太少了,做的还不够深入。国外在这方面的研究已经有了一定的深度,我们需要下一代人来奋起直追。

记者:您为什么这么关心动物?

郭鹏:随着流浪动物救助工作的展开,我有机会近距离了解动物的心理和行为的意义。这使我对于动物的感受和他们的需求都比从前有了更加深入的了解和理解。一旦知道他们正在承受的是什么样的痛苦,我们就会不由自主地想要去帮助他们,使之从这些痛苦当中解脱出来,并为他们创造尽可能好一点的生存环境。这种同情的本能其实是动物的本能之一,不只是人类才有的;人的利他行为也正是我们同情本能的一个结果,这也是我自发投入到动物救助的事业当中来的原因。

为什么我有这么大的激情去做,这也是一个渐进的过程。现在,我做这些事情跟我小的时候不能看杀鸡、杀鱼和枪毙犯人是不一样的,那时候是直觉,更多是孩子身上所保存的善良天性使然;而现在,我知道,去杀一条狗,跟杀死一个五六岁的孩子没有什么两样,因为他们无论在身体感受、心理感受和智力发展水平上都几乎是相同的,甚至成年的狗比孩子的心理活动要更复杂、更成熟。一只猪,它的心理与智力不低于三岁的孩子,甚至,在其他一些方面,比如判断力、逻辑推理能力,它比三岁的孩子还要高。

为什么大多数人不能这样想?这是个好问题。大家不能这样想并因此来关怀动物的生存与苦乐,这并不是因为大家都生性残忍,而是因为现代的生活剥夺了我们与动物亲密接触并且相互尊重的机会,我们没有去好好地了解那些动物。因为你不了解他,所以就无视他的存在和需求,甚至是虐待他们或者歧视他们。这种情形使公共教育者的角色变得举足轻重,也就是说,媒体工作者以及学校教育者,首先自身应该增加这方面的知识,提高动物保护意识,然后致力于向大众做宣传,普及一些基本的常识。

现在,我能识别出猫、狗十几种不同的表达感情的声音和行为。我家收养过的母猫们在找其小猫的时候,会发出一种相同的、非常复杂的呼唤声,也就是说不只是一个母亲偶然发出这种声音。类似的例子很多,这使我相信动物确实是有语言的,而且他们真的是用他们的语言(而不只是声音)来交流。他们的推理能力也是相当惊人的,这样的例子我可以说一天都说不完。

其实,动物对于语言的使用早就引起了科学家们的注意,比如英国学者发现,英国南部与中部的牛们的"口音"不同;不同地方的海鸥们彼此呼唤所用的语言不同。有许多科学家在致力于对海豚和鲸鱼的语言的研究。美国已经有对于灵长类动物学习手语的跟踪研究,并且已经发现,他们不仅可以学习语言,还能创造性地造句,并且非常好地表达自己的感受、需要、意愿和感情。可以想象,如果持不同语言的动物换了环境,他们也会有学习外语的问题——只是不用考四、六级吧!

记者: 您目前在研究动物伦理,那么动物伦理学究竟是研究什么的呢?

郭鹏: 动物伦理其实就是指人与动物的关系。其生活直接受人类活动影响的动物,尤其是处于人类社会当中的动物,在这里要受到特别的关注。研究动物伦理,少不了要研究动物的行为和心理,但这些方面的知识只是作为一些基本的理论支持,动物伦理学的核心还是要落实到人应该对动物所采取的态度与行为上来,即哪些才是正当的、合理的,哪些不是。作为应用伦理学的一部分,动物伦理学与人类生活实践是息息相关的,因此常常被作为社会实践的思想指导甚至是确立社会制度的理论参考。

目前,动物伦理学理论主要有三大类: 同情说,权利论和义务论。我下面分别做一下简略的解释。

"同情说"的来源比较早,在中国可以追溯到孟子,在西方可以追溯到古希腊,当然,其近代的代表人物是亚当·斯密。这种学说将同情视为人的一种本能,因此,使其他动物尽量不受痛苦是人类利他行为的一个基本结果。这也就奠定了人对于动物的基本伦理态度。有趣的是,当代心理学的一个重要派别,进化心理学(Evolutionary Psychology)已经有许多有趣的心理实验表明人类与其他动物确实有这种同情的本能,并且动物从同情行为当中受益。如,当小白鼠看到每当自己取食,其同伴就受到电击时,她就拒绝进食了;自己所爱的人的触摸和拥抱可以制止我们大脑皮层的恐怖反应区的活化反应。但是,问题是,正像孟子所看到的,我们的"四根"并不一定会很好地得到保护和培养,我们的天性也可能会泯灭。

"权利论"是指将动物自身看作是生命主体,拥有不为人类所役使和剥削的权利。这种理论其实是康德的伦理学说的一个延伸,即将"道德主体"换为"生命主体"。这种理论的主要代表人物是汤姆·睿根(Tom Regan)。彼得·辛格(Peter Singer)所主张的以"反物种歧视"为核心的动物解放理论,也可以说是建基于动物权利理论之上的,但是,他本人并没有就此做出特别详细的论述。动物权利理论的主要困难在于,人类道德学说的基础是将抽象的个人作为平等的道德主体,所以每个人所拥有的权利与其所承受的义务是对等的;但是,这一点显然不适用于人与动物的关系。

"义务论"是我目前的一个主要用功点,即从人作为"理性主体"这一点出发,强调人对于其他动物所具有的单向性义务。这也就是说,人在进化树上所呈现出的智力上的优势并不意味其因此而对于其他动物享有特权;相反,由于人类具有更强的理性思考能力与道德自制能力,因此人类对于其他动物的责任就更大。这也就从相反的方向解决了以上所提到的权利理论当中的人类与动物在权利与义务不对等的问题。

但是,话又说回来,人类并不是唯一具有道德感和行为法则的动物。目前的研究表明,人类的所有心理与行为表现几乎都有其生物进化的基础,即在其他动物身上都能找到其雏形或者稍微简单一些的类似模式。例如,美国著名生物学家马可·毕考夫(Marc Bekoff)的研究表明,许多哺乳动物都有快乐、悲伤的情感,甚至也有道德感和行为规则,这后一点表明,人并不是唯一的道德行为的主体,人不是唯一具有道德感的动物。

记者:我们知道,《中华人民共和国动物保护法》(专家建议稿)已经完成,9月18号开始向社会征求意见,请问一下动物保护立法的情况?

郭鹏：这份立法草案是在国际动物保护组织的积极推动下,由中国社会科学院法学所的常纪文先生牵头,由中国法学界的一些专家共同起草的。它是中国动物保护立法的一个开始,其意义是划时代的。尽管它还是处在起草阶段,但是,由于中国所存在问题的严重性以及动物保护运动的迅速发展,它在社会上已经引起了相当大的注意。但是,立一部法,特别是一个适合中国现状并能真正解决中国动物保护当中所存在的问题的法律,并不容易。目前,在社会各界的关注下,立法专家们正在积极对这部草案进行修正。希望其修正稿能尽快出台,并且能尽快走向实际立法这一步。

社会目前对于保护动物的立法所关注热点,以我的理解,有以下几个方面：

第一是对于法律实施的社会监督：如何建立有效的社会监督体制,使动物的生存状况得以向社会公开? 第二是诉讼制度：如果像某些专家所主张的那样摒弃诉讼代理人制度,那么怎么样才能保证有效诉讼的进行? 第三是违法成本问题：它直接关系到法律的有效性。比如,目前最为严重的生猪、沽牛与活禽注水问题,因为违法成本太低,而暴行所获取利润又太高,那些不愿意注水的人在不公平的市场竞争当中亏得太多,这就逼着有良知的人也放弃良心去从众,随波逐流。因此,虐待动物需不需要负刑事责任,负什么样的责任,这也是大家关注的问题。

记者: 问几个学术问题,您博客上写的达尔文的"最善者生存"是什么意思?

郭鹏: 是的,我目前对于达尔文怀有浓厚的兴趣,其实,我们现在对达尔文的研究是非常不够的,一是他的原有思想没有得到公正的对待,二是他的许多天才见解的价值还没有被充分认识。19世纪,卡尔·马克思和查尔斯·达尔文,他们的思想对社会影响很大,有正面的,也有负面的。对其思想的误读导致社会巨变、社会灾难,这些都不是他们在世时所能预料到的。

以前,达尔文的"进化论"与"(最)适者生存"几乎成了同意词,这种狭隘的误读甚至直接成了世界大战与帝国主义的理论基调。但是,这并不是达尔文的错,其实,鼓吹"(最)适者生存"的是以赫伯特·斯宾塞为代表的社会达尔文主义者们,也就是将达尔文的进化论庸俗化的一些人,他们用这种庸俗化的理论来支持阶级的存在与种族优越论。

现在,达尔文的一些后继者,或者确切地说,是在他的思想感召下对于生物进化论进行更加细致与深入研究的一些科学家们认为,"(最)善者生存"才更准确地表达了达尔文关于进化的思考。达尔文认为"社会与母性的本能比其他本能或动机都更强烈"。对于动物而言,其成员更具有同情心的群落,能养育更加健壮,更有生育与繁殖能力的后代,这是进化的必要条件。当代生物学与心理学的专家们已经通过观察和实验有效地证明了达尔文的这一天才直觉。

记者: 刚才说到物种歧视,什么是"反物种歧视"?

郭鹏: 彼得·辛格所倡导的"反物种歧视"理论,即,我们不应该因为其他动物不是人类而歧视他们。在我看来,人类对于动物的责任也是认同进化论和"承认物种界线"的伦理意义所在:在生命进化中,我们人类可能在智力上优于其他动物,但是其他动物可能在其他方面大大优越于人;因此,这种优越性并不意味着我们对其他动物拥有绝对的支配权,相反,人类在智力上的优越意味着我们对其他动物负有责任。因为我们发达的智力使我们有能力对于自身的行为进行道德反思,我们看到人类已经成为环境与其他动物生命和生活的最大的破坏者和威胁者,人类的道德自主性和科学技术的发展使我们可以自觉并有实际的能力对于自身的行为进行适当的约束和调整。这一点,我在前面讲的人与动物关系的"义务论"中已经有所涉及。

路总是从本没有路的地方走出来的;聚沙成塔,星星之火可以燎原。我想特别借此机会,感谢这几年在动物保护事业上给予过我大力帮助和支持的朋友们。

斯斯的宝宝"LE PETITE PRINCE",小名"嘟嘟"。他现在已经长成了大男子汉,是我们真正的"一家之主",帮助我照顾每一只新来家中的小猫咪:亲吻他们(舔他们),和他们睡在一起,让他们尽快适应新家,并与其他伙伴共处。

评　　论

当下　2010-01-01 23:29:37

　　祝福博主和动物朋友们!

博主回复　2010-01-05 10:11:43

　　祝福您!

新浪网友　2010-01-01 23:43:27

再次感谢郭老师,祝福小猫小狗们!

非非　2010-01-02 00:28:04

感谢您为动物朋友们所做的一切一切……谨致我最崇高的敬意!!!除了感谢感谢我不知再说些什么……生活由于有了关怀和保护这些小生灵的人们而变得美好,让这些可爱的小家伙们感到人间还是有温暖的家。

博主回复　2010-01-05 10:11:09

非非,谢谢您的啦啦大队的顶力支持,我会继续努力的!

戒杀护生茹素　2010-01-02 09:18:48

谢谢博主的努力,你就是动物的上帝。

博主回复　2010-01-04 18:09:17

谢谢,但是过奖了。的确,坚持不懈的努力不易,其实也不过是杯水车薪,但是谁能做上帝呢?真的有上帝吗?

您本人的努力不是更令人敬佩吗?让我们携手共勉吧。

戒杀护生茹素　2010-01-02 09:21:44

我的博客右边的连接有很多书籍可以下载,推荐:《动物解放》和《素食宝典》等,希望您能下载。

另外推荐视频《地球公民》!!! 一生必看的记录片!!!

博主回复　2010-01-04 18:10:22

好的,一定去下载!

青石斋　2010-01-02 13:26:17

阿弥陀佛……感谢郭老师对小动物的关爱,你是它们的救世主,让它们感受到家的温暖,谢谢您!为它们祝福!

博主回复　2010-01-05 10:06:25

真的希望有救世主,那样我们就可以休假了;或者,对于救世主最好的解释就是——他的存在就是让我们自救吧!

祝您新年慧心逍遥,玉笔自由!

段战龙　2010-01-04 09:46:05

郭老师,支持和崇敬您!我也会在力所能及范围内尽自己最大努力保护动物!

博主回复　2010-01-05 10:09:12

谢谢你的支持!我喜欢你的博客,加油!

疯子 2010-01-04 22:30:21

关爱小动物,就说明你很有爱心啊!向你问好啊!

博主回复 2010-01-05 10:09:44

新年快乐!

饮一瓢沧海 2010-01-04 23:06:43

美文欣赏中,"生相怜,死相捐",生生何止于人类,天地之间生生为大美,是该倡导一种新的伦理观的时候了。

博主回复 2010-01-05 07:55:58

自古道,知音难求,因为理解本身就是最大的支持。多谢了!

水清清兮以自流 2010-01-06 16:05:11

对小动物都能满怀善意的人,一定是好人。人在做,天在看,你一定会有福报的。

博主回复 2010-01-07 19:50:44

谢谢您的祝福,我也祝福您!

动物所给予我的爱已经大超过了我所能够给予他们的,这已经是在人世间最好的福报了。

夜如灯花飘落   2010-01-06 20:20:04

如果我在你身旁,我会帮助你。我替流浪的动物谢谢你。

博主回复   2010-01-07 19:51:58

好希望你在我的身旁啊——只是这样的一个愿望就已经让我感到无比的美好了!

谢谢你!

虎学生和猫老师   2010-01-07 15:38:13

无限祝福博主和博主救助的流浪天使!!!

博主回复   2010-01-11 22:14:03

朋友,加油!

济南康复动物医院   2010-01-13 15:57:54

救助可怜的小动物们是非常辛苦,需要强大毅力的工作。我们非常敬佩您!

我们也只是在能力范围内进点微薄之力,不足挂齿。

康复会一直支持您!

博主回复   2010-01-13 17:14:49

没有你们多年来坚持不懈的支持,这个城市的流浪动物救助就不可能进行下来。请不要谦虚!

谦虚过度,使人退步啊!再次向绿衣天使们表示衷心的感谢!

陈天翮　2010-02-05 14:21:19

郭老师,永远支持你!

博主回复　2010-02-09 20:52:11

谢谢你!有你的支持,我会努力坚持的!

新浪网友　2010-04-16 16:58:23

郭老师好!感谢你为这些可怜但可爱的小生命所做的一切,向你和救助站的刘老师等等所有为这些小生命而辛苦奔波的好人致敬!请你们一定坚持下去,虽然我知道这将会很难很难、但请你一定坚持。前段时间去过咱们的动物救助站,虽然条件艰苦,但是看到每一个小生命是那样的安全、快乐,不用再餐风露宿,不再提心吊胆,感觉好欣慰。还会再去的,还会继续坚持为他们尽一点绵薄之力。

博主回复　2010-04-16 23:04:53

有你的鼓励和支持,我们一定会坚持下去的……

别吃朋友　2010-05-08 23:57:05

我首先想说的是,我确认你也是一个真正的画家。还有就是,珍重!

博主回复　2010-05-10 12:37:59

　　如果我是个画家,我会幸福得多;或者,我真的应该去画画了。

　　这是我在伦敦画的钢笔速写,图中是邻居家的胖猫在我们的花园里向远处眺望。我希望,将来会有那么一天,中国的人类社会也能成为动物们的天堂。

致 谢

感谢我的亲人们这么多年来对我的理解、关怀和无条件的支持;感谢搜狐、《新京报》和新浪和为我提供的个人空间,这个集子的最后三篇最初发在我的新浪博客(博客名为"哲学动物"),连同网友们的评论,都发表在这里了,我要特别感谢这些网友。我还要感谢我周围的朋友、学生和爱护动物的同仁所给予我的支持,特别感谢苏晓晗、董新、张如明、徐建超、梅姐、蔡晓以及济南猫窝的朋友们;周建伟、毛毛、玉叶、多宠及济南康复动物医院的护士朋友们;感谢济南真意宠物诊所的李国辉与张顺环夫妇;感谢山东省泰山小动物保护协会的孙玉清、张庆良、高文、封荣、王总等;还有我上、下、左、右、前、后的邻居们的理解与帮助;感谢刘琦、王永、赵猛、王强伟、冯涛、冯传涛、刘涛、李丰、崔敏、刘珂、欧振华、土埭、土丽芳、许静、曲晓琳、钟露杰、金小燕、邹媛和大贤等山东大学的研究生志愿者们;感谢陈天翮、姚南、李茹佳、段战龙、马鹏超、徐光伟、汤淋、杨逗青、刘少帅、葛梅松、藏广硕、杨艳、宋世龙、门丽丽、李斯、宋珊珊和于文冲等山东大学本科志愿者;感谢山东大学医学院、山东大学素食协会与山东大学动物保护协会的多年来的全体志愿者;感谢李文明、崔滨和赵娜等济南的记者们;李陵虎、刘居士、开山法师及母亲等热心支持济南动物救助公益事业的朋友们;感谢莽萍、朱茜、曹宝印、于凤琴、蒋劲松、张丹、张越、冯永锋、刘慧莉、解征、杨帆、吴天玉、龙缘之、常辉法师及慈惠法师等动物保护的忠实盟友;邱仁宗、祖述宪二位生命伦学界的前辈与导师;孙江、高利红和张式军三位动物法学专家;感谢行动亚洲(ACT ASIA)、国际爱护动物基金会(IFAW)、它基金、香港爱护动物协会(SPCA)对于我个人的工作的支持;感谢刘树夏、李荣萍、张芳、孙希敏、李呈湘、刘歧岳、刘代诚、郑征、笑笑、吕凤姣等济南黄河流浪狗救助中心的全体同仁。我要特别感谢我在山东大学的同事张国立、沈士梅、刘新利、卞绍斌、任利新、王华平、荣立武、陈晓旭、吴童立、周志弈、苑涛、谭鑫田、高原、孟振农、陶莉、商俞、黎新平、于红以及我们的院长刘杰教授的大力支持;感谢山东大学为我提供的一切。特别感谢李雪莎和金志昕同学为我做文字的校对工作。还有许许多多帮助过我的人们,我没能写在这里,希望大家原谅。

科学人文书系

《谁在让子弹飞》　　　　　　　曹保印　著
《守旧与更新》　　　　　　　　葛剑雄　著
《教育的智慧》　　　　　　　　杨东平　著
《察有所思》　　　　　　　　　信力建　著
《警惕科学》　　　　　　　　　田　松　著
《寻找江河》　　　　　　　　　汪永晨　著
《素食男的一千零一夜》　　　　蒋劲松　著
《一个人的云世界》　　　　　　李多钰　著
《科技政策：分配与规训的技术》　李　侠　著
《孤独是不人道的》　　　　　　郭　鹏　著